Guten Tag!

Blau und Grün sind die vorherrschenden Farben in Brandenburg. Wasser, Wald und Wiesen spielen die Hauptrolle. Ob wildwüchsig wie der Spreewald oder von Menschen gestaltet wie die Gärten der Potsdamer Kulturlandschaft – die Natur hat in Brandenburg Vorrang.

AKTIV DURCH DIE MARK

Damit ist das Gebiet natürlich ein Eldorado für Naturfreunde, Wanderer und Wassersportler. Für Oliver Gerhard gibt es kaum etwas Schöneres als eine Paddeltour auf der Spree. Er stellt Ihnen seine 27 km lange Lieblingstour auf S. 95 vor. Wer es gern noch entspannter hätte, probiere es einmal mit Yoga auf dem Wasser (S. 113). Man macht die Übungen auf einem Stand Up Paddleboard! Ich persönlich favorisiere Oliver Gerhards Vorschlag für eine Wanderung mit dem Esel durch die Landschaft des Fläming – und würde am liebsten gleich zu einer mehrtägigen Tour starten (S. 79).

PREUSSENS GLANZ UND GLORIA

Unbedingt ans Herz legen möchte ich Ihnen aber auch einen Besuch in Potsdam, der Hauptstadt des Bundeslandes Brandenburg. Schließlich gehört die Schloss- und Parklandschaft von Sanssouci gemeinsam mit weiteren Schlössern und Parks zum Weltkulturerbe. Schon 38 Bau- und Restaurierungsprojekte wurden in den letzten Jahrzehnten in und um Potsdam umgesetzt und weitere sollen bis 2030 folgen. Aber auch die Innenstadt mit dem Holländischen Viertel ist einen Besuch wert. Kaum irgendwo sonst gibt es so viele nette kleine Boutiquen und Shops, in denen man herrlich stöbern kann. Ich habe dort schon tolle Entdeckungen gemacht.

Herzlich

Ihre

Birgit Borowski
Programmleiterin DuMont Bildatlas

»DER REISENDE IN DER MARK MUSS SICH FERNER MIT EINER FEINEREN ART VON NATUR- UND LANDSCHAFTSSINN AUSGERÜSTET FÜHLEN. ES GIBT GRÖBLICHE AUGEN, DIE GLEICH EINEN GLETSCHER ODER MEERESSTURM VERLANGEN, UM BEFRIEDIGT ZU SEIN. DIESE MÖGEN ZU HAUSE BLEIBEN.«

Theodor Fontane

Autor Oliver Gerhard, Journalist aus Berlin, tauchte für die Arbeit an diesem Band tief in alle Winkel Brandenburgs ein. Besonders fasziniert haben ihn die einsamen Auenlandschaften an Elbe und Oder. Weiträumige Landschaften, farbenfrohe Feste und nicht zuletzt das Weltkulturerbe Sanssouci begeisterten den Berliner Fotografen Johann Scheibner. Nach dem Motto: Warum in die Ferne schweifen …

80
Abendstimmung im Oderbruch bei Lebus

Potsdams Alter Markt mit Nikolaikirche Altem Rathaus ist wieder da.

24

Prenzlaus Marienkirche gilt als „einmalig in der Backsteingotik“.

44

44
Flößerfest im August in Lychen

Das Beste erleben

Berührend, aufregend und spannend ...
sind unsere Ideen, die wir für Ihren Aufenthalt
in Brandenburg zusammengetragen haben.

Königlich Flanieren

* 1 *

PARKS UND SCHLÖSSER VON SANSSOUCI

Hier vereint sich friderizianisches Rokoko mit Kreationen berühmter Gartenbauer zum Gesamtkunstwerk.

Seite 41

* 2 *

SCHLOSS RHEINSBERG

Friedrich der Große verbrachte hier seine glücklichsten Jahre, Kurt Tucholsky immerhin einige beseelte Tage.

Seite 60

Hübsche Kleinodien

* 3 *

INSELSTADT WERDER

Malerisch zeigt sich die Altstadtinsel mit Ateliers und Galerien.

Seite 78

* 4 *

BAROCKWUNDER NEUZELLE

Seit kurzem leben wieder Mönche in Brandenburgs prunkvollster Klosteranlage.

Seite 95

* 5 *

SCHLOSSPARK BRANITZ

Hermann Fürst von Pückler-Muskau verwandelte karges Ackerland in eine Parklandschaft voller Überraschungen.

Seite 111

Berauschende Natur

*** 6 ***

UNTERES ODERTAL

Einsam, wild und verwunschen erleben Paddler die Polderlandschaft am Grünen Band der deutsch-polnischen Grenze.

Seite 61

*** 7 ***

NATUR- UND STERNENPARK

Kleine Dörfer, eine reiche Vogelwelt und der klare Sternenhimmel prägen das einsame Westhavelland.

Seite 77

*** 8 ***

MÄRKISCHE SCHWEIZ

Eiszeitliche Schluchten und Seen machen die Hügellandschaft um Buckow zum abwechslungsreichen Wandergebiet.

Seite 93

Tolles Erleben

*** 9 ***

DORF DER STÖRCHE

Bis zu 30 Brutpaare nisten jedes Jahr auf den Dächern des Europäischen Storchendorfs Rühstädt.

Seite 59

*** 10 ***

BIRNENKULT IN RIBBECK

Im Havelland hat sich ein ganzes Dorf der Birne verschrieben – als Hommage an ein Gedicht Theodor Fontanes.

Seite 77

*** 11 ***

BESUCHERBERGWERK F 60

Eine der größten beweglichen Arbeitsmaschinen der Welt ist als Industriedenkmal des Kohletagebaus begehbar.

Seite 112

*** 12 ***

KAHNFAHRT IM SPREEWALD

Egal, ob im Gruppenkahn mit Gurkensnack oder privat im „Kahn der Sinne" – den Spreewald muss man vom Wasser aus entdecken.

Seite 112

PREUSSENS ERBE

Lustschloss, Weinberghäuschen, Sommerresidenz: Für König Friedrich II. bildete Schloss Sanssouci einen wichtigen Rückzugsort. Friedrich der Große gilt nicht nur als einer der bedeutendsten Herrscher Preußens, er hinterließ auch jene Bauwerke in Potsdam, die heute – mit dem Titel Weltkulturerbe – architektonische Highlights in Brandenburg sind.

PARADIES FÜR RADLER

Jedes Jahr Mitte April schwingt sich halb Brandenburg aufs Rad: Beim „Anradeln" wird die neue Saison offiziell eröffnet. Schon bald nach der „Wende" setzte das Bundesland auf Fahrradtourismus. So gibt es inzwischen rund 7000 Kilometer markierte Strecken.

INTERNATIONAL

Leuchtender Backstein, geschwungene Giebel, verzierte Portale: In Potsdams Holländischem Viertel, entstanden unter Friedrich Wilhelm I., fühlt man sich nach Amsterdam versetzt. Und mit der russischen Kolonie Alexandrowka demonstrierte König Friedrich Wilhelm III. seine Verbundenheit mit dem Zarenreich.

Unsere Flammkuchen
Der Klassiker
€ 10.80
€ 12.80

LAND DER SEEN UND FLÜSSE

Badespaß am Stechlinsee – nur einer von mehreren Tausend Seen in Brandenburg. Auch viele Flüsse fordern zu Entdeckungstouren auf, beliebt sind Exkursionen im Kanu oder Kajak, mit einem Hausboot oder einer Jacht. Viele Gewässer sind untereinander verbunden, so dass man quer durchs Land schippern oder paddeln kann.

WISSENSCHAFT, FORSCHUNG

Leuchtende Farben, geschwungene Formen, modernste Technologie: Die Bibliothek im Informations-, Kommunikations- und Medienzentrum der Brandenburgisch Technischen Universität Cottbus-Senftenberg ist nicht nur innen, sondern auch außen ein Hingucker.

ASCOT DES OSTENS

Renntag in Hoppegarten! Die Damen tragen bunte Kleider und extravagante Hüte mit Federn und Blumenbouquets, einige Herren glänzen mit Strohhut, Anzug und gewachstem Schnauzbart. Wenn die Pferde über die Rennbahn jagen, halten alle den Atem an, um schließlich je nach Wettglück in Bravorufe oder lautes Seufzen auszubrechen.

AUFS LAND!

Wenn der Raps blüht und das Getreide sprießt, ist die beste Zeit für Landpartien durch Brandenburg. Abseits der großen Verbindungsstraßen hat man die Landschaft oft für sich alleine, durchquert kleine Ortschaften mit Kirche, Dorfteich und historischen Höfen. Viele Strecken werden von Alleen begeleitet.

Ausgefallene Unterkünfte

BAUMHAUS, SCHLOSS ODER BAHNWAGGON

Schlafen, wo einst Schüler paukten. Entspannen, wo früher Maschinen ratterten. Urlaub machen, wo einst der Gutsherr residierte: In Brandenburg wurden viele historische Bauten in Hotels und Ferienwohnungen verwandelt – vom Bahnhof bis zum Wasserturm, vom Schlafwagen bis zur Kirche.

10

5

1 Luxus im Wasserturm

Die Entscheidung fällt schwer: Soll man den Blick auf den Scharmützelsee von der rundum verglasten Turmspitze genießen, es sich lieber am frei schwingenden Kamin bei Klängen aus der Hifi-Anlage gemütlich machen oder doch erst ein Bad im Whirlpool nehmen? Das puristisch-stylische Privatapartment in dem 100 Jahre alten Wasserturm in Bad Saarow bietet viele Optionen und viel Raum zum Entspannen.

€€€€ **Wasserturm Bad Saarow,** Ulmenstraße 12, 15226 Bad Saarow, Tel. 030 92 21 29 66, www.wasserturm-badsaarow.de

2 Design auf dem Dorf

Diese Ruhe! Dieser Weitblick! Das Raumgefühl! Die Gäste des Hauses sind sich einig, was den Charme dieses Architektenhauses in der Uckermark ausmacht. Der Berliner Architekt Thomas Krüger entwarf den von außen zunächst schlicht wirkenden Bau, der mit diversen Preisen ausgezeichnet wurde. Auf 140 Quadratmetern finden bis zu 11 Personen Platz, das riesige Grundstück verstärkt das Gefühl der Großzügigkeit. Winterabende genießt man im sieben Meter hohen Kaminraum.

€€€€ **Das Schwarze Haus,** Pinnow 26a, 17268 Gerswalde, www.dasschwarzehaus.de

3 Baumhaus-Romantik

Sanft wiegen sich die Kiefern im Wind, von unten dringt das Plätschern der Wellen des Senftenberger Sees bis zur Terrasse herauf. Ein idealer Ort für eine Auszeit zu zweit sind die vier kuscheligen Baumhaus-Apartments auf Stelzen in drei bis fünf Metern Höhe. Ein Paket mit Frühstückskorb, Tretroller, WLAN und einer Stunde Kanumiete kann dazugebucht werden. Im benachbarten Familienpark gibt es einen Sandstrand.

€€€ **Hafencamp Senftenberger See,** Großkoschen, Straße zur Südsee 2, 01968 Senftenberg, Tel. 03573 80 06 00, www.hafencamp.de

4 Revival im Herrenhaus

Gelebte Landlust, Kunstsinn und Heimatbewusstsein – diese Werte haben sich die Besitzer von Schloss Kleßen auf die Fahnen geschrieben, einer überwiegend barock geprägten Anlage mit Wurzeln im 14. Jahrhundert. Gäste übernachten im einstigen Pfauenhaus mit Blick auf ein Storchennest, in einem romantischen Efeuzimmer oder exklusiv im Herrenhaus. Den Gastgeber kann man bei der Table d'hôte mit regionalem Menü kennenlernen.

€€€/€ **Schloss Kleßen,** Lindenplatz 1, 14728 Kleßen, Tel. 033235 29 00 44, www.schloss-klessen.de

5 Eisenbahn-Nostalgie

Eigentlich fehlt nur das Rattern der Räder, sonst stimmt alles: der historische Bahnhof, die betagten Waggons, die gemütlichen Abteile mit Retro-Charme. Doch der Bahnhof Rehagen ist nicht mehr in Betrieb, ein Paar hat ihn in eine Kulturstätte verwandelt. Zwei Schlafwagen mit originalen Elementen wurden einst für die Transsibirische Eisenbahn gebaut, der dritte stammt aus den 1930er-Jahren. Die acht Zimmer haben Doppelbetten und Duschbäder – „Pufferküsser" können aber auch auf historischen Liegen übernachten.

€€ **Bahnhof Rehagen,** 15838 Rehagen/Am Mellensee, Tel. 033703 68 96 92, www.bahnhof-rehagen.de

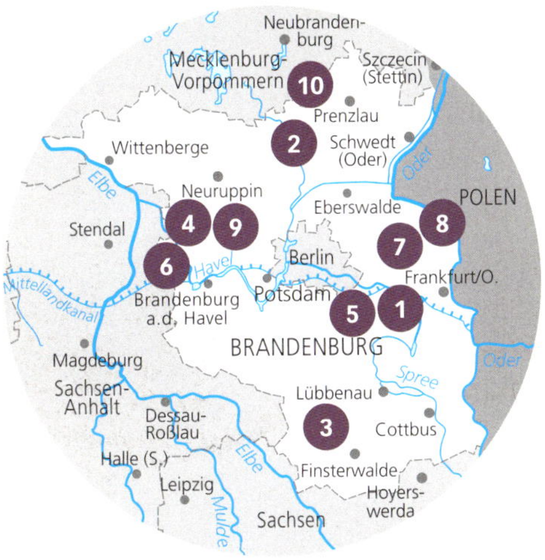

6 Stylische Lofts

Ein Liegestuhl am Wasser, Hausboote schippern vorbei, auf dem Grill brutzeln Steaks – der Puls von Brandenburg an der Havel schlägt am Wasser, und die Anlage „Havelblau" liegt mittendrin. Sieben großzügige Loft-Apartments in einer 150 Jahre alten einstigen Kammgarnspinnerei bieten viel Raum zum Entspannen. Das Ambiente ist stylisch-hochwertig ohne Schnickschnack. Außer einem Garten mit Liegewiese gehört auch ein Bootssteg zu „Havelblau", von dem aus man mit dem Kanu ablegen kann.

€€ Ferienlofts Havelblau, Zur Kammgarnspinnerei 3, 14770 Brandenburg, Tel. 03381 25 04 70, www.havelblau.de

7 Schulhaus mit Stil

Schon die Wahl des Zimmers erinnert an die Schulzeit: „Mathematik" oder doch lieber „Biologie"? Wo im verschlafenen Reichenwalde nahe dem Scharmützelsee 150 Jahre lang die Dorfjugend büffeln musste, kann man heute stilvoll übernachten. Accessoires erinnern an die Geschichte des Hauses: eine Landkarte aus dem Erdkunde-Unterricht, ein Pult mit Schreibtafel, Klassenfotos. Jeden Freitag wird in der „Abendschule" sogar gekocht – die Speisekarte sieht aus wie ein Schulheft.

€€/€ Alte Schule Reichenwalde, Kolpiner Str. 2, 15526 Reichenwalde, Tel. 033631 5 94 64, www.alte schule-reichenwalde.de

8 Unter Schafen

Schäfchenzählen können Gäste des Erlenhofs nahe der Oder an einer echten Schafsherde. Und nach einer Nacht im historischen Schäferwagen, wie er von Wanderschäfern genutzt wurde, werden sie früh morgens vom Blöken der Schafe geweckt. Die Fahrzeuge sind mit Bett, Ofen, Lampe und Sitzbänken ausgestattet, Aufenthaltsraum und Dusche stehen im Haupthaus zur Verfügung.

€ Erlenhof im Oderbruch, Kienitzer Oderstraße 51, 15324 Letschin-Kienitz Nord, Tel. 033478 38 98 0, www.erlenhof-im-oderbruch.de

9 Pilgerheim in der Kirche

Beim Pilgern ist der Weg das Ziel, nicht der Luxus der Unterkünfte unterwegs. Das gilt auch für den Pilgerweg von Berlin nach Bad Wilsnack in der Prignitz, einst einer der bedeutendsten in Europa. Direkt an der Strecke können Pilger und Radler in der 500 Jahre alten Dorfkirche von Barsikow übernachten: Zwei Mehrbettzimmer mit Etagenduschen sind spartanisch eingerichtet, in der kleinen Küche lernt man die Mitpilger kennen.

€ Pilgerherberge Kirche Barsikow, Dorfstraße, 16845 Barsikow, Tel. 033978 7 09 38/gruetzmacher.k@t-online.de; www.wegnach wilsnack.de

10 Am rauschenden Bach

Das Mühlrad dreht sich heute für regenerative Energie. Ökologisch mit Lehmwänden und Hanfdämmung saniert sind auch die Ferienwohnungen in der alten Wassermühle im Naturpark Uckermärkische Seen, die noch bis 1990 in Betrieb war. „Leben wie die Müllersleute, aber mit dem Komfort von heute", lautet das Motto in den gemütlich-rustikalen Apartments. Im großen Garten haben Kinder viel Auslauf, hier findet man auch Saunahäuschen, Holzbackofen und Lagerfeuerplatz.

€ Wassermühle Gollmitz, Mühlenberg 12a, 17291 Nordwestuckermark-Gollmitz, Tel. 039852 4 91 41, www.wassermuehle-gollmitz.de

Potsdam

*

PREUSSEN UND DDR-MODERNE

*

Schloss Sanssouci mit seiner Rokoko-Pracht! Üppige Landschaftsgärten nach Plänen berühmter Baumeister! In Potsdam gehört ein einzigartiges Ensemble von Schlössern und Parks zum Weltkulturerbe. Und dann ist da noch der Umgang mit dem Erbe der DDR.

Potsdams Alter Markt: Schon zu DDR-Zeiten wurden Nikolaikirche (links), Altes Rathaus und Knobelsdorffhaus wieder aufgebaut, nach der „Wende" wurde das Ensemblle komplettiert.

Schloss Sanssouci: Der ovale, nach klassischen Vorbildern gestaltete Marmorsaal war der Festsaal des Sommerschlosses. Seine Fenster führen hinaus auf die Weinbergterrassen im Park.

Schloss Sanssouci: Das eher schlichte Arbeits- und Schlafzimmer Friedrichs II. zeigt heute Porträts des Preußenkönigs (Mitte links). Die zur Nordseite hin gelegene Galerie präsentiert von Friedrich II. gesammelte Werke französischer Maler seiner Zeit (Mitte rechts).

Schloss Sanssouci: Besonders im Konzertzimmer zeigt sich der Rokoko-Zeitgeist noch deutlich. Adolph von Menzel wählte es als Kulisse für sein bekanntes Gemälde „Das Flötenkonzert von Sanssouci", heute in Berlins Alter Nationalgalerie.

Park Sanssouci: Aus dem Parterre des Ziergartens geht der Blick hinauf zum Schloss Sanssouci. Auf den Weinbergterrassen gedeihen wie einst Wein und Feigen.

Am Anfang stand eine einfache Skizze aus der königlichen Feder: ein Brunnen, drei Treppen mit Terrassen, die Grundzüge eines lang gestreckten Baus – und dazwischen ein dicker Tintenklecks. Der später „der Große" genannte Friedrich II. hatte präzise Vorstellungen, wie seine Sommerresidenz in Potsdam aussehen sollte, als er 1745 – fünf Jahre nach seiner Thronbesteigung – den Architekten Georg Wenzeslaus von Knobelsdorff verpflichtete.

Innerhalb von nur zwei Jahren entstand das Lustschlösschen Sanssouci, das er mit ironischer Bescheidenheit sein „Weinberghäuschen" nannte. Tatsächlich scheint die Natur von den Räumen Besitz zu ergreifen, findet sie sich doch in Gold, Stuck und Malerei wieder: rankende Reben, leuchtende Blüten, bunte Vögel, Spinnennetze und pralle Weintrauben. Eben das berühmte friderizianische Rokoko!

Friedrich II. gilt als der prägendste Herrscher Preußens, als Multitalent und Mensch mit vielen, auch widersprüchlichen Facetten: Er war Bauherr und Philosoph, strenger Herrscher und Machtmensch, der sich nicht scheute, in den Krieg zu ziehen. Er schrieb Bücher, musizierte täglich und komponierte mehr als 120 Sonaten. Er war ein Anhänger der Aufklärung und predigte Toleranz, duldete aber weiter die Leibeigenschaft.

In seiner Sommerresidenz Sanssouci kommt man dem Menschen Friedrich etwas näher. Hier lebte der Monarch tatsächlich vergleichsweise bescheiden in fünf Zimmern: In seiner Bibliothek sammelte er mehr als 2000 Bände Geschichte und Literatur in französischer Sprache. Im Konzertzimmer spielte er auf der Querflöte, manchmal auf dem Hammerklavier begleitet von Carl Philipp Emanuel Bach. Im Marmorsaal tafelte er mit Literaten, Wissenschaftlern und Philosophen – Voltaire war einige Jahre sein Gast. In seinem Schlafzimmer soll er zuletzt nur noch auf einem Feldbett übernachtet haben, dort steht auch der Sessel, in dem er am 17. August 1786

Als „Fanfaronade", als eine Prahlerei, hat Friedrich II. das Neue Palais am Westende des Parks Sanssouci bezeichnet: Blick aus den Kolonnaden der so genannten Communs, die heute Teile der Universität Potsdam beherbergen.

»QUAND JE SERAI LÀ, JE SERAI SANS SOUCI – WENN ICH DORT SEIN WERDE, WERDE ICH OHNE SORGE SEIN.«

… soll Friedrich II. bereits vor Baubeginn seines berühmten Schlosses geäußert haben.

starb. In seinem geliebten Sanssouci wollte er in einer Gruft beigesetzt werden, ein Wunsch, der sich erst spät, 1991 erfüllen sollte.

KARTOFFELN UND ANANAS

Auf dem Grab Friedrichs des Großen legen Bewunderer nicht nur regelmäßig Blumen ab, sondern auch – Kartoffeln. Der Monarch selbst rührte die Erdäpfel nicht an, ordnete aber im Laufe seiner Regierungszeit in mehreren „Kartoffelbefehlen" ihren Anbau an – zur Vorbeugung gegen Hungersnöte und Missernten beim Getreide. Priester sollten in den Gemeinden als „Knollenprediger" zum Kartoffelpflanzen raten.

Landwirtschaft und Gartenbau waren eine weitere Passion des Monarchen. Ebenso wie beim Bau seiner Schlösser führte er beim Anlegen der Gärten von Sanssouci persönlich Regie. Französische und italienische Einflüsse, Ziergärten und Wasserspiele fanden sich dabei ebenso wieder wie Nutzgärten. Seine Vorliebe für frisches Obst wollte Friedrich II. aus eigenem Anbau befriedigt sehen.

Die Hofgärtner pflanzten nicht nur unzählige Obstbäume und kultivierten Feigenbäume in den verglasten Nischen der Schlossterrassen, sondern züchteten in den Gewächshäusern auch Orangen, Ananas und Bananen. Heute knüpfen die Gärtner der Schlösserstiftung wieder an diese Tradition an, nach und nach werden die Nutzgärten rekonstruiert. Jedes Jahr Mitte Mai gerät das Ausfahren der Orangeriepflanzen unter dem Motto „Hinaus ins Freie" zum Happening.

Entgegen dem Klischee einer überhegten Parkanlage sind Flora und Fauna des Schlossparks reicher als in mancher Kulturlandschaft: Auf Wiesen, die hier nur zweimal im Jahr gemäht werden, finden seltene Gräser, Blumen und viele Insekten ein Refugium. Die zahlreichen Hecken und Haine bieten Vögeln ein Biotop – die Chancen stehen nicht schlecht, beim Abendspaziergang vom Gesang einer Nachtigall begleitet zu werden.

ENGAGEMENT IM WINZERBERG

Die Tafeltrauben für den Hof kamen einst vom angrenzenden Winzerberg, der bis lange nach der „Wende" im Dornröschenschlaf lag. „Wir haben zwei Jahre gebraucht, um den Dschungel zu lichten", sagt Monika Lange vom Bauverein Winzerberg. „Weil die Schlösserstiftung keine Mittel dafür übrig hatte, haben wir die Sanierung selbst in die Hand genommen." „Wir" – das sind engagierte Bürger, die Arbeitskraft, Kapital und Baustoffe einbrachten.

Park Sanssouci: Für einen schönen Ausblick für kleinere Gesellschaften sollte das bis 1772 errichtete Belvedere über dem Weinberg des Klausbergs sorgen (links). Die seitlich aufgestellten Gitterpavillons sollten einst den Dienstbotenbereich verdecken (rechts).

Im August knüpft die Potsdamer Schlössernacht musikalisch und literarisch an barocke Festfreude an – hier die Harfinistin Simonetta Ginelli bei einem Konzert im Park Sanssouci.

Park Sanssouci: Mitte des 19. Jahrhunderts ergänzte Preußenkönig Friedrich Wilhelm IV. Sanssouci um die Orangerie, in der empfindliche Exoten des Parks die kalten Wintermonate verbrachten. Der Bogenschütze von Ernst Moritz Geyger steht erst seit 1902 an seinem Platz.

Ehrenamtliches Engagement hat Tradition in Potsdam, auch wenn das Mäzenatentum prominenter Großspender wie Fernsehmoderator Günther Jauch und Software-Milliardär Hasso Plattner für mehr Schlagzeilen sorgen. „Wir wollten es aber aus eigener Kraft der Potsdamer Bürger schaffen", sagt dagegen die Gartenbauingenieurin Lange.

Eine Crowdfunding-Aktion und mehrere Hundert Helfer stemmten das Projekt Winzerberg in vielen Arbeitsstunden. Die rund 6000 kleinen Fenster für die Terrassen kamen durch „Scheibenpatenschaften" herein. 2018 öffnete das prächtige Triumphtor der Anlage erstmals wieder für Besucher. „Irgendeine höhere Macht hat uns immer die richtigen Leute geschickt", sagt Lange. Zum Beispiel den Rebenexperten, der äußerst seltene historische Traubensorten beisteuerte – es wachsen hier wieder rund 40 Arten. Inzwischen hat der Verein auch die Bewirtschaftung übernommen. In den Sommermonaten lädt er Donnerstag- und Freitagabend regelmäßig zur „Bacchusstunde" mit Federweißem und Tomatenstullen – natürlich auch aus eigenem Anbau.

STADTENTWICKLUNG, WOHNUNGS- ODER UMWELTPOLITIK – BÜRGERINITIATIVEN STEHEN BEREIT.

HISTORISCH ODER MODERN

Der Winzerberg war bereits das zweite Projekt der engagierten Potsdamer, die zuvor eine alte Angerkirche wiederaufbauten. Die Hauptstadt ist berühmt – aber auch berüchtigt – für ihre Bürgerinitiativen. Insbesondere der Stadtumbau hat sich zu einem Dauerbrenner und Streitthema entwickelt: Die einen wünschen Veränderung, die anderen lehnen sie ab. Die einen wollen das friderizianische Potsdam zurück, die anderen DDR-Architektur bewahren.

Blick von der Galerie der Nikolaikirche: Das Fortunaportal mit der vergoldeten Göttin des Glücks öffnet das Potsdamer Stadtschloss zum Alten Markt hin. Unter weitgehender Beibehaltung des barocken Erscheinungsbilds wurde ein Bauwerk realisiert, das innen allen modernen Erfordernissen des brandenburgischen Landtags gerecht wird (oben). Die barocke Fassade des Museums Barberini – ebenfalls rekonstruiert – gehört zu den prägenden Bauwerken des Alten Markts (unten).

Die von Karl Friedrich Schinkel entworfene klassizistische Nikolaikirche wurde zwischen 1830 und 1837 errichtet. Als einziger Bau am Alten Markt blieb sie von totaler Zerstörung verschont. Die Kuppel des 77 Meter hohen Gebäudes entstand bis 1850; über die Dächer der Stadt aufragend, bietet ihre Galerie einen eindrucksvollen Blick über Potsdams Stadtlandschaft.

Schloss und Park Babelsberg entstanden ab 1833 im englischen Tudor-Stil als Sommerresidenz des Prinzen Wilhelm von Preußen, des späteren Kaisers Wilhelm I. Ab 1961 zeitweise durch die Grenze geteilt, ist der Landschaftsgarten mit seiner Hügellandschaft und seinen Wasserspielen, ein Werk Peter Joseph Lennés und Hermann Fürst von Pückler-Muskaus, längst wieder in seiner Gesamtheit zugänglich (rechts oben). Im Babelsberger Villenviertel zeigen sich die unterschiedlichsten Baustile, darunter auch diese klassizistische Dekorationsfreude (Mitte unten)

Etwas westlich des Jungfernsees gelegen, orientiert sich der Baustil von Schloss Cecilienhof an englischen Landhäusern. Als letzter Schlossbau der Hohenzollern wurde es von 1913 an im Neuen Garten für Kronprinz Wilhelm und dessen Gemahlin Cecilie errichtet. Auf der hier abgehaltenen Potsdamer Konferenz im Sommer 1945 entschieden der britische Premierminister Clement Attlee, der US-Präsident Harry S. Truman und der sowjetische Diktator Josef Stalin 1945 über das weitere Schicksal des besiegten Deutschlands.

Am Ufer des Jungfernsees: Die Heilandskirche wurde 1844 in den Formen italienischer Gotteshäuser als Teil des Sacrower Schlossparks errichtet. Bis heute finden in ihr Gottesdienste und Konzerte statt.

Es begann mit dem Stadtschloss: Ein Verein setzte sich schon bald nach dem Mauerfall für den Wiederaufbau dieser bedeutenden Residenz vieler Preußenkönige ein, die in den letzten Kriegstagen ausbrannte und 1960 schließlich abgerissen wurde. Zwei Prominente unterstützten das Vorhaben mit großzügigen Spenden, sodass der Bau trotz vieler Widerstände aus der Bevölkerung 2014 eröffnet werden konnte.

Ceci n'est pas un château. Dies ist kein Schloss, steht auf einer Kunstinstallation an der Wand des Baus. Tatsächlich ist das Stadtschloss ein Potemkinsches Dorf, in dem kaum noch etwas an den ursprünglichen Zweck erinnert: Hier hat der Landtag von Brandenburg seinen Sitz – in Erwartung einer Fusion mit dem Bundesland Berlin würden sogar alle Abgeordneten eines gemeinsamen Parlaments Platz finden.

ABRISS EINER EPOCHE

Nach dem Stadtschloss nahmen die Anhänger der historisierenden Rekonstruktion die Bauten der DDR-Moderne aufs Korn: Zuerst fiel die Schwimmhalle mit ihrem eleganten Dach der Abrissbirne zum Opfer. 2018 wurde unter Protest die einstige Fachhochschule am Alten Markt abgerissen. An ihrer Stelle entstehen nun zwei neue Karrees mit rund 40 Häusern in historischem Zuschnitt.

Der Abriss der Hochschule war besonders umstritten: Während sich ihre Freunde an Bauten Mies van der Rohes erinnert fühlten, nannten ihre Gegner sie eine Sünde der Plattenbauarchitektur. Auch das „Minsk", ein beliebtes Terrassenrestaurant, und das einstige Interhotel standen lange auf der Liste. „Doch eigentlich geht es weniger um Architektur als um ein Lebensgefühl, um Identifikation", sagt eine Stadtführerin beim Rundgang.

Viele alteingesessene Potsdamer haben mittlerweile Sorge, von wohlhabenden Neubürgern und deren ästhetischen Vorstellungen verdrängt zu werden. Sie verbinden oft schöne Jugenderinnerungen mit den Orten, die verschwinden sollen: Sie haben im Interhotel Jugendweihe gefeiert, gingen zum Shoppen in die Geschäfte unter der Fachhochschule und waren im „Minsk" zum Tanzen.

Langsam wird diese Sicht auch von den Investoren und Stadtoberen nachvollzogen: Das Hotel darf – erst einmal – stehen bleiben. Das „Café Minsk" wird seit 2020 saniert und soll ein Museum mit DDR-Kunst beherbergen. Nun tobt der letzte Kampf um den Wiederaufbau der zerstörten Garnisonkirche. Die Fronten sind verhärtet: Während die Befürworter sie als „Ort der Versöhnung" wiederhaben wollen, warnen die Gegner vor der Symbolkraft der einstigen Militärkirche, in der Adolf Hitler sich 1933 in die preußische Tradition einreihte.

VILLENBESUCH AM GRIEBNITZSEE

Zwölf Jahre nach diesem „Tag von Potsdam", weite Teile der Stadt lagen in Trümmern, richtete sich der Blick der Weltöffentlichkeit auf Schloss Cecilienhof im Neuen Garten. Hier wurde auf der Potsdamer Konferenz die Nachkriegsordnung verhandelt – 2020 jährte sich das Ereignis zum 75. Mal.

Die Sowjets beschlagnahmten damals zur Unterbringung der Verhandlungsführer drei herrschaftliche Villen mit Seeblick im nahe gelegenen Stadtteil Neubabelsberg. Dort, am Ufer des Griebnitzsees, lebten die Reichen, Berühmten und Mächtigen: Sportler wie Max Schmeling, Filmstars wie Lilian Harvey, Industriebosse wie Günther Quandt, Schriftsteller wie Erich Kästner und auch Politiker wie Konrad Adenauer, der

„Soldatenkönig" Friedrich Wilhelm I. hegte große Bewunderung für die Fortschrittlichkeit und den Gewerbefleiß der Niederländer. Er hoffte – allerdings vergeblich –, von deren wirtschaftlicher Enticklung zu profitieren, indem er den Küstenbewohnern in Potsdam eine neue Heimat bot. So entstand in den 1730er-Jahren das Holländische Viertel nach dem Vorbild niederländischer Siedlungen.

Kleine Läden, Galerien, Kunsthandwerk, Kneipen, Restaurants und Cafés prägen das bei Einwohnern und Zugereisten gleichermaßen geschätzte Flair des Holländischen Viertels. Auch Juliane Rothenburg ist hier in der Mittelstraße als Künstlerin für Textilkunst und Design tätig.

Blick von der Langen Brücke über die Freundschaftsinsel auf das Adolf-Miethe-Ufer am Havelarm Alte Fahrt. Darüber lugt die Kuppel der Nikolaikirche hervor.

Das heute neugotische Nauener Tor begrenzte einst die barocke Stadt nach Norden und war Teil der nicht mehr existenten Stadtmauer.

Einst wurden hier Schiffe gebaut: Das Areal Schiffbauergasse mit seinem Flaggschiff Hans Otto Theater wurde zum Kunst-und-Kultur-Quartier.

Kolonie Alexandrowka

Special

Potsdams „russische Seele“

Russische Soldaten gehörten nicht erst nach dem Zweiten Weltkrieg zum Potsdamer Stadtbild.

1812 kamen 62 Soldaten des Zaren in die Stadt – als Gefangene. Noch im gleichen Jahr verbündeten sich Russland und Preußen, und die Soldaten blieben – als Chorsänger wurden sie ins preußische Garderegiment eingegliedert. Der Zar schickte sogar Ersatz, als einige von ihnen ausfielen.

Nach dem Tod des Zaren 1825 ordnete König Friedrich Wilhelm III. den Bau einer russischen Kolonie an, in der die Sänger leben sollten. Nach dem Vorbild eines Dorfs bei St. Petersburg entstanden 13 Holzhäuser im russischen Stil, von Gartenbaumeister Peter Joseph Lenné in eine Obstplantage eingebettet. Jede Familie bekam zusätzlich eine Kuh, schließlich sollten sie sich selbst versorgen.

Auch heute noch bildet die Alexandrowka eine blühende Enklave inmitten des Stadtgetümmels, seit 1999

In der russischen Kolonie Alexandrowka

zählt sie zum Weltkulturerbe. Im Museum der Kolonie kann man in ihre Geschichte eintauchen. Und mit etwas Glück trifft man im angeschlossenen Café sogar den letzten russischen Bewohner der Siedlung: Der über 80-Jährige kommt gerne auf ein Bier und einen Wodka vorbei – hin und wieder erzählt er sogar alte Geschichten.

1933 nach seiner Absetzung als Kölner Oberbürgermeister in Potsdam die Wirren nach der „Machtergreifung“ aussaß.

US-Präsident Harry S. Truman logierte während der Konferenz in einem Neorenaissancebau mit weitem Blick über den See – in diesem „Little White House“ entschied er über den Abwurf der Atombomben auf Japan. Wenige Häuser weiter wohnten Winston Churchill und sein Nachfolger Clement Attlee: Ihr Domizil, Haus Seefried, war 1915 vom jungen Mies van der Rohe erbaut worden. Josef Stalin wählte seine Residenz dagegen mit deutlichem Abstand zu den anderen. Aus Angst vor Anschlägen ließ er alle Zimmer leerräumen und sogar die Holzvertäfelung herausreißen.

Nach dem Ende der Konferenz fiel die Kolonie in einen Dornröschenschlaf, hier im Sperrgebiet der deutsch-deutschen Grenze zogen sich Mauern und Zäune am Seeufer entlang. Doch inzwischen sind fast alle Gebäude saniert, und nur Ortskenner finden noch Spuren der Grenzanlagen. Gesperrt ist das Ufer in weiten Teilen dennoch: Die Besitzer der Villen beanspruchen es für sich, die Stadt Potsdam möchte es für alle freigeben. Eine weitere Diskussion, in der das letzte Wort allerdings noch nicht gesprochen ist.

Babelsberg

WIEGE DES DEUTSCHEN FILMS

1912 entstand im heutigen Potsdamer Stadtteil Babelsberg das erste Großatelier-Filmstudio der Welt. Streifen wie „Metropolis“ und „Der blaue Engel“ schrieben Filmgeschichte. Zu DDR-Zeiten produzierte die DEFA hier, seit der „Wende“ geben sich Hollywood-Stars wie George Clooney und Quentin Tarantino die Klinke in die Hand. 2019 erklärte die UNESCO Potsdam zur „Creative City of Film“.

Die Filmuniversität Babelsberg Konrad Wolf ist Deutschlands älteste und größte Filmhochschule mit Universitätsrang.

Flammen lodern, Schüsse knallen, ein Mann stürzt todesmutig in die Tiefe: Die Stuntshow in einem künstlichen Vulkan ist das tägliche Highlight im Filmpark Babelsberg. „Ich falle gern die Treppe runter, springe durch Glasscheiben und brenne“, erzählt einer der beteiligten Stuntmen auf dem Audioguide, mit dem man durch das riesige Gelände in dem Potsdamer Außenbezirk spazieren kann.

Besucher finden hier die klassischen Attraktionen eines Freizeitparks: Spielplätze, Shows, Gastronomie. Doch sie tauchen auch in das längste und erfolgreichste Kapitel deutscher Filmgeschichte ein. Sie spazieren durch die Kulisse des Hollywoodstreifens „Monuments Men“ und das Außenset der Serie „Gute Zeiten, schlechte Zeiten“. Sie erleben Maskenbildner bei der Arbeit und entdecken Requisiten des „Sandmanns“.

Der Filmpark ist das „Schaufenster“ des ältesten Großatelier-Filmstudios der Welt und der Wiege des deutschen Films. An mehr als 5000 Drehtagen im Jahr wird in Babelsberg auf einer Fläche von 160 000 Quadratmetern an Kino-, Fernseh- und Werbeproduktionen gearbeitet. Immer wieder heimsen Filme von hier bei den großen Festivals und bei der Oscar-Verleihung Preise ein.

Auch in puncto Filmtechnik gehörte Babelsberg schon immer zur Weltspitze, so wurde hier in den 1920ern die sogenannte „entfesselte Kamera“ erfunden, gleichzeitig arbeitete man an den ersten Tonfilmen. Zuletzt erregte 2018 eine Innovation Aufsehen, als ein einzigartiges „volumetrisches Studio“ mit 32 Kameras eingeweiht wurde, in dem Schauspieler dreidimensional gescannt werden, um sie später in virtuelle Welten zu versetzen.

HITCHCOCKS ERSTER FILM

Die Erfolgsgeschichte begann 1912 in einem 15 Meter langen gläsernen Atelier mit den ersten Aufnahmen zu dem Asta-Nielsen-Film „Der Totentanz“. Im Anschluss setzte ein rasantes Wachstum ein, Stummfilmklassiker wie „Metropolis“ von Fritz Lang oder Streifen wie „Der blaue Engel“ entstanden in dieser Epoche. Auch Alfred

Filmpark Babelsberg: Bis zu 2500 Besucher lassen sich von der Stunt-Show in der Vulkan-Arena hinreißen.

Hitchcock drehte hier damals seinen ersten Film. „Alles, was ich über das Filmemachen wissen musste, habe ich in Babelsberg gelernt", soll er später gesagt haben.

Berühmte Namen wie Hans Albers, Willi Fritsch, Greta Garbo, Lilian Harvey, Zarah Leander und Heinz Rühmann sind mit diesen Goldenen Jahren verbunden. Viele Filmschaffende ließen sich damals am nahe gelegenen Griebnitzsee nieder, wo man ihren Spuren folgen kann. Zum Beispiel zur Villa von Richard Tauber, Star-Tenor und Schauspieler der 1930er-Jahre. Der Publikumsliebling wurde 1933 von SA-Männern angegriffen und als „Judenlümmel" beschimpft, 1938 emigrierte er nach Großbritannien.

Sein Schicksal teilten viele andere jüdische Filmleute, die nach dem Machtwechsel auswanderten. Propagandaminister Joseph Goebbels machte die Filmstudios zur Chefsache, nahm Einfluss auf Inhalte und Personen. Dabei ging es nicht nur um Politik: Viele Frauen wandten sich an den „Bock von Babelsberg" mit der Bitte um einen Filmvertrag ...

Unzählige Anekdoten ranken sich um die Villen in dem historischen Stadtviertel. Zum Beispiel über Marika Rökk, die 1934 für die nach Hollywood ausgewanderte Marlene Dietrich einsprang. „Wenn ich Sie, mein Führer, für ein paar Augenblicke erheitern und von Ihrer verantwortungsvollen Arbeit ein wenig ablenken konnte, so bin ich darüber unendlich stolz und glücklich", schrieb sie damals an Hitler.

Aktrice Brigitte Horney dagegen profitierte zwar auch von der „Arisierung" Neubabelsbergs, bewahrte sich jedoch ihre politische Geradlinigkeit: So gewährte sie ihrem Freund Erich Kästner Asyl, der unter ihrem Dach das Drehbuch zu „Münchhausen"

Blick hinter die Kulissen: Für die Traumwerker von Babelsberg gibt es nichts, was nicht machbar wäre.

schrieb: unter Pseudonym und mit heimlicher Erlaubnis Goebbels', denn der Schriftsteller war eigentlich mit Berufsverbot belegt. Letztendlich tauchte dann auch keiner seiner beiden Namen im Abspann auf.

Während der Zeit des Nationalsozialismus wurden neben antisemitischen Propagandafilmen viele Unterhaltungsstreifen gedreht. Der Betrieb in Babelsberg lief bis in die letzten Kriegstage – die bis heute beliebte „Feuerzangenbowle" entstand erst 1944. Nach dem Krieg wurde es zunächst ruhig um Babelsberg.

SCHNURSTRACKS ZUM NEUANFANG

Der Filmbetrieb ging jedoch weiter: Schon 1946 gründete man die kurz DEFA genannte Deutsche Film AG – eine weitere Blütezeit begann, in der rund 700 Spielfilme entstanden, darunter Klassiker wie „Der Untertan", „Die Legende von Paul und Paula", Märchenfilme wie „Drei Nüsse für Aschenbrödel", aber auch Kritisches wie „Die Spur der Steine" – der aufgrund der Zensur jedoch erst 1989 in den Kinos gezeigt wurde.

Nach der „Wende" übernahm Regisseur Volker Schlöndorff zeitweise die Geschäftsführung der privatisierten Filmstudios. Heute ist es eine Medienstadt mit 2000 Beschäftigten, zu der auch Fernseh- und Radiosender, das Deutsche Rundfunkarchiv und diverse Produktionsgesellschaften gehören. Die angeschlossene Filmuniversität Babelsberg Konrad Wolf veranstaltet mit „Sehsüchte" eines der größten Studentenfilmfestivals in Europa.

HOLLYWOODS DEPENDANCE

Auch Hollywood hat die geballte Medienkompetenz schnell zu schätzen gelernt. Quentin Tarantino drehte in Potsdam seine „Inglourious Basterds", Kate Winslet kam für die Hauptrolle in „Der Vorleser", Tom Hanks verwandelte die Glienicker Brücke in die „Bridge of Spies", und Wes Anderson produzierte „Grand Budapest Hotel".

Ende 2019 würdigte auch die UNESCO die einzigartige Filmgeschichte Potsdams, indem sie der Stadt den Titel „Creative City of Film" verlieh – als erste in Deutschland. Dieses Projekt vernetzt Städte, die weltweit führend im Bereich der zeitgenössischen Kunst und Kultur sind. Inzwischen kann man sich in Potsdam ein Leben lang mit dem Thema Film beschäftigen, angefangen beim Filmkindergarten über die geplante Filmgrundschule und das Filmgymnasium bis zur Filmuniversität und dem Filmmuseum – der Nachwuchs für die Wiege des deutschen Films ist gesichert.

Informationen

Im **Filmpark Babelsberg** erlebt man neben einer Stuntshow auch viele originale Filmkulissen (Großbeerenstraße 200, www.filmpark-babelsberg.de; Mitte April–Okt.).
Die Ausstellung im **Filmmuseum Potsdam** erinnert an mehr als 100 Jahre Filmgeschichte (Breite Straße 1a, www.filmmuseum-potsdam.de; Di.–So. 10.00–18.00 Uhr).
Potsdam Tourismus veranstaltet geführte **Gruppentouren zu Drehorten** (www.potsdamtourismus.de).
Das **Studenten-Filmfestival Sehsüchte** findet alljährlich im April statt (www.sehsuechte.de).
„100 Facts about Babelsberg" heißt ein Buch des Potsdamer Schauspielers Sebastian Stielke über die Filmstadt (be.bra Verlag 2021)

Havelstadt mit niederländischen Wurzeln

Nur wenige Kilometer nördlich und nur rund eine halbe Stunde Fahrt von Berlin entfernt liegt Oranienburg, direkt am Radfernweg Berlin-Kopenhagen. Geschichts- und Kulturerlebnis, Natur und überregional bekannte Freizeitstätten (TURM ErlebnisCity, Tier-, Freizeit- und Urzeitpark im Ortsteil Germendorf) locken jährlich rund 2 Millionen Tagesgäste in die Kreisstadt.

Die idyllische Havel ist für Wassertouristinnen und -touristen ein Paradies. Der **Schlosshafen Oranienburg** mit angrenzendem **Reisemobilstellplatz** ist eine Oase der Ruhe in der historischen Mitte Oranienburgs.

Herzstück der Stadt ist das **Schloss Oranienburg**, eines der ältesten Barockschlösser Brandenburgs. Der erste preußische König Friedrich I. ließ das Landschloss seiner Mutter und Namensgeberin der Stadt, Louise Henriette von Oranien, zu einem barocken Repräsentationsbau erweitern. Heute beherbergt es das **Regionalmuseum** (www.oberhavel.de) und das **Schlossmuseum** (www.spsg.de), das an die ehemaligen kurfürstlichen und königlichen Schlossbewohner erinnert und u. a. eine eindrucksvolle Gemäldesammlung, prächtige Wandteppiche und Beispiele königlichen Prunksilbers präsentiert. Die niederländische Prinzessin Louise Henriette von Oranien setzte wichtige Impulse für den Wiederaufbau des Ortes nach dem Dreißigjährigen Krieg. Nach niederländischem Vorbild wurde die Landwirtschaft entwickelt. Die Stadt ist Mitglied der touristischen „Oranierroute".

Der rund 30 Hektar große **Schlosspark** ist heute ein beliebter Freizeit- und Familienpark, in dem es sich wunderbar entspannen lässt: in abwechslungsreich gestalteten Gartenzimmern, auf ausgedehnten Wiesen, bei Boule oder Minigolf. Kinder kommen ganz sicher auf ihre Kosten – dank großer Spiellandschaft samt Kletterfelsen, Wasserspielplatz, auf dem der 8 Meter lange Wal „OKI" zuhause ist, Hüpfkissen, Trampolinen und Slacklines.

In der 1754 errichteten **Orangerie im Schlosspark** finden heute Konzerte und Lesungen statt. In der **Gedenkstätte und** dem **Museum Sachsenhausen** wird die Geschichte des nationalsozialistischen Konzentrationslagers Sachsenhausen (1936-1945) aufgearbeitet (www.stiftung-bg.de).

Ob Familienfest mit historischen Holzgartenspielen, Orangefest, Schlosspark-Nacht oder Picknick in Weiß (Fotoreihe, Mitte), ob Kirchenmusik in St. Nicolai, Rockkonzert im Oranienwerk, Operettenklänge in der Orangerie (Fotoreihe, 2. v. r.) oder Weihnachtsgans-Auguste-Markt am Schloss – für eine Entdeckungsreise nach Oranienburg gibt es viele gute Gründe.

Geprüfte Tourist Information

Tourist-Information Oranienburg
Schloßplatz 2, 16515 Oranienburg
Telefon: (03301) 600 81 11
FAX: (03301) 600 93 02
E-Mail: info@tourismus-or.de

Tourismus und Kultur Oranienburg gGmbH
www.oranienburg-erleben.de

Stiftung Preussische Schlösser und Gärten Berlin-Brandenburg

Schlossmuseum Oranienburg
Schloßplatz 1, 16515 Oranienburg
Telefon: (03301) 53 74 37 | E-Mail: schlossmuseum-oranienburg@spsg.de
www.spsg.de

Bornstedt
Maßstab 1:25.000
0
400m
Bornimer Feldflur
1 = Zum Reiherstand
2 = Bussardweg
3 = Herta-Hammerbacher-Str.
4 = Walter-Funcke-Str.
5 = Herm.-Göritz-Str.
6 = Heisenbergstr.
7 = Von-Klitzing-Str.
Volkspark
ehem. BUGA-Gelände
Stadtteil Nauener Vorstadt
(zu Potsdam)
Schloss Cecilienhof
Neuer Garten
Heiliger See
Stadtteil Berliner Vorstadt
(zu Potsdam)
Tiefer See
Stadtteil Jägervorstadt
(zu Potsdam)
Alexandrowka
Russische Kolonie
Park Sanssouci
Schloss Sanssouci
Lustgarten
Rehgarten
Orangerie
Neues Palais
Universität Potsdam
Park Charlottenhof
Schloss Charlottenhof
Stadtteil Brandenburger Vorstadt
(zu Potsdam)
Zentrum-Ost
Potsdam Hbf.
Potsdam Park Sanssouci
Potsdam Charlottenhof
Freundschaftsinsel
Neustädter Havelbucht
Hinzenberg
Kiewitt
Potsdam
Peter-Kühne-Siedlung
Geschwister-Scholl-Str.
Breite Str.
Zeppelinstr.
Lange Brücke
Friedrich-List-Straße
Humboldtbrücke
Nuthestraße
Babelsberger Str.
Pfingstberg
Belvedere
Neuer Markt
Holländisches Viertel

KETZIN
WERDER (Havel)
POTSDAM
Schwielowsee
Michendorf
Caputh
Wilhelmshorst
Bergholz-Rehbrücke
Nuthetal
Stahnsdorf
TELTOW
Kleinmachnow
LUDWIGSFELDE
Großbeeren
ZEHLENDORF
STEGLITZ
DAHLEM
GRUNEWALD
WANNSEE
KLADOW
GATOW
GROSS GLIENICKE
Babelsberg
Maßstab 1:200.000
0
2
4km

PREUSSISCHES ARKADIEN

Das Herrscherhaus der Hohenzollern hinterließ in Potsdam eines der bedeutendsten Kulturensembles in Deutschland – von Schloss Sanssouci über den Park Babelsberg bis zur Russischen Kolonie. Doch auch die grüne, wasserreiche Stadt selbst lohnt einen Rundgang, zum Beispiel um den neu gestalteten Alten Markt und danach auf einen Kaffee ins Holländische Viertel.

Allgemein & Geschichte

Potsdam, heute Hauptstadt des Bundeslands Brandenburg (180 300 Einw.) wurde 993 erstmals erwähnt. 1640 richtete der Große Kurfürst Friedrich Wilhelm (1620–1688) hier seine zweite Residenz neben Berlin ein und ließ das Stadtschloss bauen (um 1670). Der Soldatenkönig Friedrich Wilhelm I. (1688–1740) machte Potsdam zur Garnisonstadt. Den prägendsten Einfluss hatte Friedrich der Große (1712–1786), u. a. mit dem Bau von Schloss Sanssouci und des Neuen Palais. Die Nachfolger Friedrichs II. setzten den Ausbau fort – die Hohenzollern prägten Potsdam bis 1918. Noch im April 1945 zerstörte ein Bombenangriff große Teile des Zentrums; im Sommer des selben Jahres entschieden die Siegermächte in Schloss Cecilienhof über die Nachkriegsordnung.
Nach der „Wende" erklärte die UNESCO 1990 die „Schlösser und Parks von Potsdam und Berlin" zum Weltkulturerbe; der Titel wurde noch zweimal erweitert. Es setzte ein groß angelegtes Sanierungsprogramm ein; 38 Bau- und Restaurierungs- sowie mehrere Gartenprojekte wurden umgesetzt. Bis 2030 stehen weitere 400 Mio. Euro zur Verfügung – Besucher können sich auf weitere Kulturstätten in neuem Glanz freuen.

INFORMATION
Tourist-Information am Alten Markt, Humboldtstraße 1–2, 14467 Potsdam, Tel. 0331 27 55 88 99, www.potsdamtourismus.de
Filiale im Hauptbahnhof, Bahnhofspassagen Potsdam (neben Gleis 6)

Blick vom Innenhof des Landtags auf Fortuna-Portal und Nikolaikirche (links). In der Kolonie Alexandrowka (rechts oben). Aufgang zur Kuppelgalerie der Nikolaikirche (rechts unten)

Sehenswert

ZENTRUM
Im Herzen des historischen Zentrums liegt der **Alte Markt** ①. Den Krieg überlebt hat hier die **Nikolaikirche** mit ihrer markanten Kuppel (1837–1850; Kuppelgalerie tgl. 10.00–18.00 Uhr). Ihr gegenüber liegt der **Landtag Brandenburg** in der rekonstruierten Hülle des einstigen Stadtschlosses; den Haupteingang bildet das Fortunaportal. Sehenswert sind auch der Innenhof, das Knobelsdorff-Treppenhaus sowie der Blick von der Dachterrasse (Mo., Fr. 8.00–18.00, Di.–Do. 8.00–11.00 und 13.00–18.00 Uhr).
An der Ostseite des Markts blieb neben dem **Knobelsdorff-Haus** (urspr. 1750) das **Alte Rathaus** (urspr. um 1755), das ein Turm mit Atlasfigur schmückt, heute Sitz des Potsdam Museums. Nebenan glänzt das **Museum Barberini,** zum Platz hin klassizistisch-barock (urspr. um 1770), zur Wasserseite jedoch modern interpretiert. Südlich liegt die **Freundschaftsinsel,** deren üppiger Park auf Pläne Karl Foersters zurückgeht.
Am **Neuen Markt** ② dominiert der frühklassizistische Kutschstall (urspr. 1790) mit einer Quadriga über dem Portal, heute **Haus der Brandenburgisch-Preußischen Geschichte** (Am Neuen Markt 9, www.hbpg.de). Die **Gedenkstätte Lindenstraße** ③ erinnert an die politische Verfolgung von der Nazizeit bis zur Stasi (Lindenstraße 54; Di.–So. 10.00–18.00 Uhr). Die **Brandenburger Straße,** wichtigste Einkaufsmeile der Stadt, verbindet das **Brandenburger Tor** (1771) mit der katholischen **Kirche St. Peter und Paul,** ein Stilmix von 1870. Nördlich schließt sich das **Holländische Viertel** ⑫ an, ein geschlossenes Ensemble aus 150 Backsteinhäusern, das im 18. Jh. urspr. für holländische Handwerker angelegt wurde.

PARK SANSSOUCI
König Friedrich II. begann Mitte des 18. Jh., dieses **außergewöhnliche Ensemble** **TOP-ZIEL** aus Schlössern, Parks und Gärten anzulegen. Weltberühmt ist seine Sommerresidenz **Schloss Sanssouci** ⑦ im Rokoko-Stil. Im Rahmen einer Führung erlebt man die Bibliothek, Wohnräume, Musikzimmer und den Marmorsaal (für alle Schlösser Stiftung Preußische Schlösser und Gärten Berlin-Brandenburg, www.spsg.de; April–Okt. Di.–So. 9.00–17.30, sonst Di.–So. 10.00–16.30 Uhr). Nebenan liegt mit der **Bildergalerie** der älteste Galeriebau in Deutschland, in dem rund 140 Gemälde aus dem 16.–18 Jh. zu sehen sind (Mai–Okt. Di.–So. 10.00–17.30 Uhr). Die **Neuen Kammern,** ein weiterer Rokokobau, waren urspr. Gästeschloss; ein Höhepunkt ist der edelsteingeschmückte Jaspissaal (April–Okt. Di.–So. 10.00–17.30 Uhr). 1763–1769 ließ Friedrich II. das **Neue Palais** ⑥ am Westende des Parks errichten; beeindruckend ist der Grottensaal, dessen Wände von Muscheln, Korallen und Mineralien überzogen sind. Das Schlosstheater wird zzt. renoviert (April–Okt. Mi.–Mo. 10.00–17.30, sonst Mi.–Mo. 10.00–16.30 Uhr). **Schloss Charlotten-**

hof 5 im südlichen Parkabschnitt, der 1826 entstand, wurde von einem Gutshaus in ein klassizistisches Schlösschen umgestaltet – italienische Einflüsse sind unverkennbar (Mai bis Okt. Di.–So. 10.00–17.30 Uhr). Dazu passen auch die **Römischen Bäder**, eine Anlage im Stil italienischer Landhäuser (bis 1840; Mai bis Okt. Di.–So. 10.00–17.30 Uhr). Im Kontrast dazu steht das **Chinesische Haus** mit vielen vergoldeten Figuren (um 1760; Mai–Okt. Di.–So. 10.00–17.30 Uhr). Am Ostende des Parks liegt die **Friedenskirche** nach Plänen von Persius und Stüler (um 1850; Mai–Okt. Mo.–Sa. 10.00 bis 18.00, So. 12.00–18.00 Uhr, sonst kürzer). Nördlich der Maulbeerallee liegt die **Orangerie** (um 1860) im italienischen Stil; im Raffaelsaal sind Kopien von Werken des Künstlers zu sehen, in den Pflanzenhallen überwintern empfindliche Gewächse (Mai–Okt. Di.–So. 10.00–17.30, April nur Sa. und So. 10.00–17.30 Uhr). Im Stil einer chinesischen Pagode entstand 1772 das **Drachenhaus** (heute Restaurant); daneben erlaubt das zweistöckige **Belvedere** auf dem Klausberg eine Weitsicht über Potsdam (nur bei Veranstaltungen).

POTSDAMS NORDEN

In der Nauener Vorstadt erstreckt sich die 1826 fertiggestellte **Kolonie Alexandrowka** 10 mit 13 Häusern in russischer Bauweise (s. auch S. 39); über sie informiert das Museum Alexandrowka (Alexandrowka 2, www.alexandrowka.de; April–Okt. Do.–Di. 10.00–18.00 Uhr). Ein Spaziergang führt zum Kapellenberg mit der **Alexander-Newski-Kapelle** (bis 1829) und dem russischen Friedhof. Auf dem Pfingstberg entstand bis 1863 das **Belvedere** als italienische Renaissancevilla; durch Kolonnaden gelangt man in die beiden Türme mit unvergleichlichem Blick (April–Okt. tgl. 10.00–18.00, März und Nov. nur Sa. und So. 10.00–16.00 Uhr). Nebenan liegt der **Pomonatempel** (1800), eines der ersten Projekte Schinkels.

Tipp

Phönix aus der Asche

Bei der Wende 1989 war das Belvedere auf dem Pfingstberg eine Ruine und der Turmaufstieg streng verboten. Trotzdem engagierte sich eine Gruppe ehrenamtlicher Helfer für die Rettung des Baus. Der Einsatz setzte eine einzigartige Erfolgsgeschichte in Gang. Diese und viele weitere Anekdoten erfährt man auf einer geführten Tour durch das sanierte Denkmal. Jedes Jahr legt die Schlösserstiftung neue Themenangebote für Gäste auf.

INFORMATION

Stiftung Preußische Schlösser und Gärten Berlin-Brandenburg, www.spsg.de

Tipp

Geheimtipp unter Gartenfreunden

Neben den berühmten preußischen Parks und Gärten könnte er fast untergehen: Der Karl-Foerster-Garten, den der bekannte Staudenzüchter und Gartenschriftsteller rund um sein Wohnhaus anlegte, gilt als Geheimtipp unter Gartenfreunden. Hier kann man sich auch Gartentipps geben lassen und winterharte Foerster-Stauden kaufen.

INFORMATIONEN

Karl-Foerster-Garten, Am Raubfang 6, www.foerster-stauden.de; Mo.–Sa. 9.00–18.00, So. 11.00–14.00 Uhr

Rund 20 000 exotische Pflanzen und frei fliegende Vögel schaffen in der **Biosphäre Potsdam** 8 ein Regenwalderlebnis (Georg-Hermann-Allee 99, www.biosphaere-potsdam.de; Mo.–Fr. 9.00–18.00, Sa. und So. 10.00–19.00 Uhr). Östlich erstreckt sich an Jungfern- und Heiligen See der **Neue Garten** 11, 1787 angelegt und später von Lenné im Stil eines englischen Landschaftsgartens umgestaltet. Er umschließt das klassizistische **Marmorpalais** (1787–1793), Sommersitz Friedrich Wilhelms II., später Kaiser Wilhelms II. und sehenswert wegen seiner Sammlungen und des Interieurs (Mai–Okt. Di. bis So. 10.00–17.30, sonst nur Sa. und So. 10.00–16.00 Uhr). In **Schloss Cecilienhof,** 1913–1917 im englischen Landhausstil errichtet, fand 1945 die Potsdamer Konferenz statt, an die eine Ausstellung erinnert (April–Okt. Di. bis So. 10.00–17.30, sonst Di.–So. 10.00–16.30 Uhr).

BABELSBERG

Östlich der Havel erstreckt sich mit **Schloss und Park Babelsberg** 14 ein weiteres Ensemble des Weltkulturerbes. Es entstand ab 1833 als Sommerresidenz des späteren Kaisers Wilhelm I. (wegen Sanierung geschl.). Wie ein Bergfried wirkt der 46 m hohe **Flatowturm** mit weitem Panoramablick (Mai–Okt. Sa. und So. 10.00–17.30 Uhr).
Östlich schließt sich die **Villenkolonie Neubabelsberg** mit vielen eklektizistischen Bauten an. Die **Filmstudios Babelsberg** werden bis heute für Film- und Fernsehproduktionen genutzt. Der **Filmpark Babelsberg** 14 bietet eine Mischung aus Themenpark, Museum, originalen Kulissen und explosiver Stunt-Action (Großbeerenstraße 200, www.filmpark-babelsberg.de; Saison Mitte April–Okt.).

Museen

Das **Museum Barberini** 1 zeigt in einem rekonstruierten Stadtpalais (urspr. 1771/1772); Werke aus der Sammlung des Stifters Hasso

Figurenschmuck des Chinesischen Hauses (oben). Italienisch anmutende Orangerie (unten)

Plattner sowie wechselnde Ausstellungen von alten Meistern bis zu zeitgenössischer Kunst (Alter Markt/Humboldtstraße 5, www.museum-barberini.com; Mi.–Mo. 10.00–19.00 Uhr). Das **Potsdam Museum** nebenan widmet sich der Kultur und Geschichte der Stadt (Am Alten Markt 9, www.potsdam-museum.de; Di. bis So. 12.00–18.00 Uhr). Im historischen Marstall (1746) neben dem Stadtschloss dokumentiert das **Filmmuseum Potsdam** 100 Jahre Filmgeschichte (Breite Straße 1a, www.filmmuseum-potsdam.de; Di.–So. 10.00–18.00 Uhr). Rund 400 000 Exponate umfasst die Sammlung des **Naturkundemuseums** 4 (Breite Straße 13; www.naturkundemuseum-potsdam.de, Di. bis So. 9.00–17.00 Uhr).

Erleben

FÜHRUNGEN

Die Tourist-Information Potsdam veranstaltet neben **Altstadtführungen** auch **thematische Touren,** u. a. auf den Spuren der Filmstars oder in die Hinterhöfe sowie Stadtteilführungen.

AKTIV

Die beliebteste **Schiffsfahrt** bei der Weißen Flotte ist die Schlösserrundfahrt (www.schifffahrt-in-potsdam.de). **Fahrräder mieten** lassen sich im Hauptbahnhof und im Bahnhof Griebnitzsee (www.potsdam-per-pedales.de). Von mehreren Marinas und Leihstationen kann man mit **Hausboot, Floß, Kanu oder SUP** aufbrechen, u. a. an der Floßstation Huckleberrys (www.huckleberrys-tour.de) oder der Marina am Tiefen See (www.marina-am-tiefen-see.de).

KULTUR
Am Ufer des Tiefen Sees erstreckt sich mit der Schiffbauergasse 14 (www.schiffbauergasse.de) ein buntes Kulturareal mit mehreren Bühnen: Das **Hans Otto Theater** in einem modernen Bau ist Potsdams Stadttheater. Theater, Kleinkunst, Lesungen und Konzerte stehen auf dem Programm des **Theaterschiffs Potsdam** in einem alten Lastkahn (www.theater-schiff-potsdam.de). Das **Waschhaus** bietet in mehreren Spielstätten Konzerte, Tanz, Kabarett, Lesungen und Kino (www.waschhaus.de). Breit aufgestellt ist auch der moderne **Nikolaisaal** im Stadtzentrum mit Konzertreihen unterschiedlicher Genres (www.nikolaisaal.de).

VERANSTALTUNGEN
Im April finden im Holländischen Viertel das **Tulpenfest**, das **Apfelblütenfest** in der Alexandrowka und das **Sehsüchte Filmfestival** statt. Der Juni steht im Zeichen des **UNESCO-Welterbetages**, der **Musikfestspiele Potsdam Sanssouci** (www.musikfestspiele-potsdam.de). Im Juli feiert man das **Königliche Weinfest**, im Aug. folgt die **Potsdamer Schlössernacht.** Jazz, Kunst und Denkmäler stehen im Mittelpunkt des **Potsdamer Dreiklangs** im Sept. In der Adventszeit verwandelt sich die Stadt auf mehreren Märkten in das **Weihnachtliche Potsdam**.

Hotels & Restaurants

HOTELS
Das € € € € / € € **Hotel Brandenburger Tor** mit hellen Zimmern liegt am gleichnamigen Bauwerk (Brandenburger Straße 1, 14467 Potsdam, Tel. 0331 877 00 00, www.hotel-brandenburger-tor.de).
Errichtet als Kaserne, später Waisenhaus und Suppenküche, logiert man heute im € € € / € **Hotel am Großen Waisenhaus** in modernen, bequemen Zimmern (Lindenstraße 28, 14467 Potsdam, Tel. 0331 601 07 80, www.hotelwaisenhaus.de).
Eine preisgünstige Alternative mit funktionalen, aber komfortablen Zimmern ist das € **B&B Hotel Potsdam** am Bahnhof (Babelsberger Straße 24, 14473 Potsdam, Tel. 0331 62 64 40, www.hotelbb.de).

RESTAURANTS
Das € € € € **Kochzimmer** mit seiner „neuen preußischen Küche" in stylisch-schlichtem Ambiente gilt als eines der besten Häuser der Stadt (Am Neuen Markt 10, Tel. 0331 20 09 06 66, www.restaurant-kochzimmer.de; Mo. geschl.).
Vor allem im Sommer, wenn man auf der Terrasse vor dem historischen Bau im Pagodenstil sitzen kann, lohnt ein Besuch im € € € **Restaurant & Café Drachenhaus** (Maulbeerallee 4, Tel. 0331 505 38 08, www.drachenhaus-potsdam.de).
Das traditionsreiche € € € / € € **Kades Restaurant am Pfingstberg** mit Biergarten und Aussicht serviert regionale Gerichte (Große Weinmeisterstraße 43b, Tel. 0331 29 35 33, www.restaurant-pfingstberg.de; Di. geschl.).

STADTTOUR PER WASSERTAXI

Havel, Jungfernsee, Tiefer See, Templiner See: Potsdam ist eine Wasserstadt, und viele Sehenswürdigkeiten liegen in Ufernähe. Das Potsdamer Wassertaxi mit seinen 13 Anlegepunkten verbindet die Highlights. Die schnellen Schiffe verkehren nach einem festen Fahrplan und nehmen auch Fahrräder mit.

Hin und wieder reiben sich Besucher aus New York die Augen: „Das ist ja ein Yellow Cab!" Tatsächlich ist das Potsdamer Wassertaxi gestylt wie eines der berühmten New Yorker Cabs: An seinem leuchtenden Gelb erkennt man das ungewöhnliche Fortbewegungsmittel schon von weitem. Das ist praktisch, wenn man im Biergarten der Meierei oder am Templiner See sitzt und noch in Ruhe austrinken möchte – der Steg liegt gleich nebenan. 2007 führte die Weiße Flotte den Service ein, inzwischen sind zwei Schiffe unterwegs. Das Wassertaxi ist es der einfachste Weg, an einem Tag die Seen und die Havel zu erkunden und bei ein- bis zweistündigen Zwischenstopps mehrere Sehenswürdigkeiten zu besuchen. Manchmal erspart das Übersetzen ans andere Seeufer Radlern oder Wanderern sogar Umwege von mehreren Kilometern.

Wegen seiner gelben Farbe erinnert das Wassertaxi vor allem Besucher aus den USA an die Yellow Cabs, die berühmten New Yorker Taxis.

Wer mit der Bahn anreist, kann direkt am Hauptbahnhof zusteigen. Die meisten Sehenswürdigkeiten liegen entlang der Nordroute mit Stopps an Schloss Babelsberg, der Schiffbauergasse, der Glienicker Brücke und der idyllisch gelegenen Sacrower Heilandskirche. Die Südroute stoppt nahe Schloss Sanssouci, am Forsthaus und Strandbad Templin sowie an mehreren Hotels.

Weitere Informationen

Das **Wassertaxi** verkehrt von Mitte April bis Mitte Okt.
Mo.–Do. dreimal tgl., Fr.–So. und Fei. fünfmal tgl.
((www.potsdamer-wassertaxi.de)

Tickets gibt es beim Einstieg direkt an Bord.

Brandenburgs Norden

ZWISCHEN ELBE UND ODER

Einsame Flussauen prägen den Norden Brandenburgs – dazwischen erstrecken sich Heidelandschaften und idyllische Seengebiete. Friedrich der Große verbrachte hier glückliche Jahre auf Schloss Rheinsberg, und Theodor Fontane brach im 19. Jahrhundert zu seinen berühmten Wanderungen auf.

Mit dem Flößerfest im August erinnert Lychen an eine weit zurückreichende Tradition.

Im Mittelalter war Bad Wilsnack ein weit über die Region hinaus bedeutendes Pilgerziel. Mit einem Markttreiben rund um die Wunderblutkirche St. Nikolai lässt das heutige Soleheilbad anlässlich des Pilgerfests im August diese Zeiten aufleben.

JAHRZEHNTELANG WAREN TEILE DER PRIGNITZ GRENZ- UND DAMIT SPERRGEBIET. SO KONNTE DIE NATUR IHR EIGENLEBEN ENTFALTEN – HEUTE ALS GESCHÜTZTES BIOSPHÄRENRESERVAT.

Wildgans-Alarm! Selbstbewusst watschelt die Gänsemutter in der Mitte des Pfads, im Schlepptau ihre sechs Jungen. Natürlich im Gänsemarsch. Eine Handvoll Radler folgt ihnen in respektvollem Abstand – schiebend, denn schließlich sind sie hier die Eindringlinge. Rechts und links erstreckt sich eine urwüchsige Auenlandschaft: schilfgesäumte Tümpel, überwachsene Wassergräben, umgestürzte Bäume und dazwischen eine Biberburg.

Am breiten Lauf der Elbe säumen Silberweiden das Ufer, Schafe weiden auf Resten des alten Deichs, Efeu erobert einen alten Grenzturm. Zu DDR-Zeiten versuchten hier viele die Flucht übers Wasser. Der Fluss war Sperrgebiet – nicht einmal die Anwohner bekamen ihn zu sehen. Abgeschottet durch die Grenze, hat der drittgrößte deutsche Strom viel von seinem Charakter bewahren können: Er mäandert durch die Landschaft, bildet Sandbänke und Strände.

Seit 1998 steht die dünn besiedelte Region im Biosphärenreservat Flusslandschaft Elbe unter Schutz, der sich über fünf Bundesländer erstreckt. In einem gigantischen Projekt unter der Regie des Bundes für Umwelt und Naturschutz Deutschland wurde bei Lenzen nordwestlich von Wittenberge ein Stück des Deichs mehr als einen Kilometer ins Land zurückverlegt, um dem Fluss wieder mehr Raum zu geben, es wurden Tausende von Büschen und Bäumen gepflanzt und Gewässer renaturiert.

Wo sich früher vor allem monotones Grünland erstreckte, fanden Forscher in den neu angelegten Tümpeln wieder 26 Fisch- und zehn Amphibienarten. Doch von der Renaturierung der Auen, von denen insgesamt nur noch weniger als 20 Prozent erhalten sind, profitiert nicht nur die Natur: Sie dient auch dem Hochwasserschutz und den Menschen in der Region. Der beliebte Elberadweg sorgt für wachsende Besucherzahlen.

DORF DER STÖRCHE

Wasserreichtum und Einsamkeit machen Brandenburgs Norden zu einem idealen Vogelrevier. Das Jahr beginnt hier mit den schrillen Klängen der Singschwäne, im Frühjahr und Herbst legen auf ihrer Durchreise Zehntausende Kraniche und Wildgänse ihren Klangteppich übers Land. Seeadler und Rotmilane kreisen über den Gewässern, und in den abgelegenen Wäldern nisten die rar gewordenen Schwarzstörche.

Während diese scheuen Waldbewohner der Zivilisation aus dem Weg gehen, suchen ihre Verwandten, die Weißstörche, die Nähe der Menschen. Rund 30 Brutpaare nisten jedes Jahr in Rühstädt, ei-

Perlebergs Zentrum zeigt noch viel geschmücktes Fachwerk (links).
Im Storchendorf Rühstädt fliegen jedes Frühjahr über 30 Brutpaare ein. Das dortige Besucherzentrum des Naturschutzbunds Deutschland öffnet von April bis August seine Pforten für die Freunde des „Weltenbummlers Adebar" (rechts).

Lenzen ist ein gemütlicher kleiner Ort am nördlichen Elbufer. Sein von Fachwerk geprägtes Ortsbild entstand nach einem Großbrand zu Beginn des 18. Jahrhunderts.

In barocker Zeit erhielt die Burg Lenzen ihr heutiges Erscheinungsbild. Heute dient sie als Besucher- und Tagungszentrum des Biosphärenreservats Flusslandschaft Elbe-Brandenburg.

Templin gehört zu den weitläufigsten Gemeinden Deutschlands. Sein barockes Rathaus am quadratischen Marktplatz umgibt eine von Fachwerk geprägte, schachbrettartig angelegte Altstadt

Holz war seit jeher ein Wirtschaftsfaktor in der seen- und waldreichen Umgebung von Lychen. Flößer sorgten über Jahrhunderte dafür, dass die Sägemühlen nicht stillstanden. Lychens Flößerverein erinnert mit seinem Flößereimuseum und seinem bunten Flößerfest an das alte Gewerbe. Im August wird gezeigt, wie aus einzelnen Baumstämmen Flöße entstehen, und wer möchte, kann auch an Floßfahrten wie einst teilnehmen

Das uckermärkische Prenzlau wird bis heute von seinen Kirchen charakterisiert. Die seit dem 13. Jahrhundert immer wieder umgestaltete Marienkirche gilt mit ihrer prächtigen Ostfassade und wegen ihrer anspruchsvollen Konstruktion als „einmalig in der Backsteingotik"

Die Landesgartenschau 2013 ließ Prenzlau am Ufer des Unteruckersees erblühen. Auch die Kunst kam zu ihrem Recht – hier die 1991 entstandene „Große Woge" des international bekannten deutschen Bildhauers Volkmar Haase.

nem von nur 15 Europäischen Storchendörfern – dieser Titel wird in jedem Land nur einer einzigen, besonders engagierten Gemeinde verliehen. Schon seit den 1970er-Jahren hegen und pflegen die Rühstädter ihre gefiederten Besucher: Sie beringen die Jungstörche und kümmern sich um verletzte Tiere, legen Amphibienteiche an und mähen früh im Jahr ihre Wiesen, um die Futtersuche zu erleichtern.

„Doch jetzt machen wir uns Sorgen", sagt ein Naturwacht-Ranger. „Die Störche brauchen große Hochdruckgebiete zum Segeln. Doch diese werden durch den Klimawandel seltener – und wenn die Tiere zu spät ankommen, fangen sie keine Brut mehr an." Umso wichtiger ist es, dass sie nach ihrer Rückkehr nicht noch Nester bauen müssen – darum halten die Mitglieder des Storchenclubs die riesigen Dachaufbauten in Schuss.

Immer Anfang März werden die Dorfbewohner langsam nervös: Welches Storchenpaar wird als erstes eintreffen? Am eifrigsten halten die Kinder Ausschau, schließlich hat der Kindergarten gleich drei Nester auf dem Dach. Sind die Jungen schließlich geschlüpft, fühlen sich alle 230 Dorfbewohner ein bisschen wie Vogeleltern. Den abendlichen Einflug der Störche und die Fütterung der Jungen begehen sie beim „Rühstädter Storchenfeierabend".

DER BERUFS-BRANDENBURGER

Einen besonderen Sinn für die Natur legte bereits Theodor Fontane seinen Zeitgenossen ans Herz. Der Dichter, Schriftsteller, Journalist und auch Theaterkritiker hat eine Art Bedienungsanleitung für Brandenburg hinterlassen: „Wer in der Mark reisen will, der muss zunächst Liebe zu Land und Leuten mitbringen", schrieb er. Die Besucher sollten „die Geschichte dieses Landes kennen und lieben" und dürften „nicht allzu sehr durch den Komfort der ‚großen Touren' verwöhnt und verweichlicht" sein.

Im Jahr 1859 begann Fontane mit den 30 Jahre währenden Erkundungen seiner Heimat. In den fünf Bänden seiner

Humorvolle Anspielungen auf Stadtgeschichte und -leben zeigt Angermündes begehbarer Marktbrunnen des Künstlers Christian Uhlig. Seit 1999 belebt er den Platz vor dem Rathaus.

OBWOHL FONTANE 60 SEINER 78 LEBENSJAHRE IN BERLIN VERBRACHTE, GILT ER DOCH BIS HEUTE ALS DER „BRANDENBURGISCHSTE“ ALLER SCHRIFTSTELLER.

„Wanderungen durch die Mark Brandenburg“ machte er die Region einem breiteren Publikum bekannt – mit Landschaftsbeschreibungen, geschichtlichen Exkursen und Anekdoten. Das Wort „Wandern“ ist dabei im übertragenen Sinne zu verstehen: Weite Teile seiner Ausflüge fanden in der Kutsche statt. Aus seinen Erlebnissen schöpfte er auch für weitere berühmte Werke wie „Der Stechlin“ und „Effi Briest“. Obwohl Fontane 60 seiner 78 Lebensjahre in Berlin verbrachte, gilt er doch bis heute als der „brandenburgischste“ aller Schriftsteller.

Viele sehen in ihm einen Vorläufer des modernen Reporters, Reisejournalisten oder gar Influencers. Seine Schilderungen basierten immer auf gründlicher Recherche in Archiven und Kirchenbüchern, Legenden, Biografien und Romanen – und auf persönlichen Begegnungen: „Das Beste aber, dem du begegnen wirst, das werden die Menschen sein, vorausgesetzt, dass du dich darauf verstehst, das rechte Wort für den ‚gemeinen Mann‘ zu finden.“

Zum 200. Geburtstag Fontanes 2019 wurden neue Ausstellungen eröffnet, Sammlungen der Museen überarbeitet, neue Routen eingeweiht und historisches Material frisch gesichtet. Zum Beispiel die Notizbücher, die während seiner Wanderungen entstanden: Historikern gelang es kürzlich mit ausgefeilter Software, seine Kritzeleien zu entschlüsseln. Im Internet kann man in den digitalisierten Seiten mit ihren zahlreichen Skizzen blättern (https://fontane-nb.dariah.eu).

MUSENORT SCHLOSS RHEINSBERG

Die Sehnsucht nach Schloss Rheinsberg, die ihn während einer Schottlandreise ergriff, animierte Theodor Fontane zu seinen Reisen durch die Mark: „Erst die Fremde lehrt uns, was wir an der Heimat besitzen.“ Kaum eine andere Residenz in Brandenburg liegt so idyllisch am Wasser wie Rheinsberg. An lauen Sommerabenden, an denen sich der Rokokobau mit seinen markanten Rundtürmen im Wasser spiegelt und der Wind im Schilf rauscht, ist die Faszination dieses Orts förmlich mit Händen zu greifen.

„Soldatenkönig“ Friedrich Wilhelm I. ließ die einstige Wasserburg für seinen Thronfolger Friedrich zum Schlösschen ausbauen, als dieser in Neuruppin ein Regiment befehligte. Der Kronprinz lebte hier mit seiner Frau Elisabeth Christine von 1736 bis 1740 – für ihn die glücklichsten Jahre seines Lebens, in denen er studierte und diskutierte, philosophierte und feierte. Im Turmzimmer korrespondierte er mit Voltaire, im Spiegelsaal lauschte er Musikdarbietungen.

Östlich von Schwedt erstreckt sich der Nationalpark Unteres Odertal, Deutschlands einziger Auen-Nationalpark. Sein Nationalparkhaus ist flussaufwärts von Schwedt im ehemaligen Gutshof Criewen zu finden (oben). Außerhalb der großen Waldgebiete zeigt sich die Uckermark sehr agrarisch – hier bei Britz nördlich von Eberswalde (unten)

Schloss Rheinsberg und seine seenreiche Umgebung haben schon immer die Menschen aus dem Ballungsraum Berlins angezogen: Marina Wolfsbruch in Kleinzerlang an der Grenze zu Mecklenburg.

Auf den unzähligen Seen im Norden Brandenburgs ist bis heute die Fischerei zu Hause: hier auf dem Großen Stechliner See westlich von Rheinsberg (Mitte links).
Der idyllische Roofensee liegt bei Menz östlich von Rheinsberg (Mitte rechts)

Zunehmender Beliebtheit erfreut sich der Urlaub auf Hausboot und -floß – rustikal mit schlichter Holzkajüte bis hin zur Luxusversion mit Sauna. Fürstenberg ist die Hochburg für das Revier der Oberen Havel.

Was Friedrich den Großen erfreute, beeindruckt auch heutige Besucher: Schloss Rheinsberg mit seinem Seeblick.

„Comme à Rheinsberg" wünschte Friedrich II. sich sein neues Domizil, als er über sein Lustschloss Sanssouci in Potsdam nachzudenken begann. Rheinsberg schenkte er seinem Bruder Heinrich, der hier fast 50 Jahre lang lebte und das Schloss mit den weitläufigen Parkanlagen wesentlich prägte. Nach langer Sanierung erstrahlen die Interieurs, an denen Architekten wie Georg Wenzeslaus von Knobelsdorff und Carl Gotthard Langhans wirkten, heute wieder in neuem Glanz.

Nach der „Wende" knüpfte Rheinsberg erfolgreich an die Tradition als Musenort an. Das sanierte Schlosstheater hat Strahlkraft in die gesamte Region, und jeden Sommer treten im Rahmen des Festivals der Kammeroper junge Sänger aus aller Welt auf. Die Kurt-Tucholsky-Gedenkstätte im Schloss, die an den Aufenthalt des jungen Schriftstellers im Jahr 1911 erinnert, trägt mit Lesungen, Kunstausstellungen und eigenem Stadtschreiber-Stipendium dazu bei.

EISZEITLICHER BUCHENWALD

Nicht weit von Rheinsberg entfernt erstreckt sich der Große Stechlinsee. „Die Stille blieb, wie sie war: kein Boot, kein Vogel, auch kein Gewölk. Nur Grün und Blau und Sonne", schrieb Fontane. So wie einst ist es im Seenland nicht geblieben, das sich über den gesamten Norden Brandenburgs erstreckt. Und doch erlebt man hier vielerorts noch ein einsames, wildes Land – selbst in der Uckermark, der beliebten, weil nahen Sommerfrische vieler Berliner.

Sonntagmorgen im Grumsiner Forst: Sonne flackert durch das frühsommerliche Grün, im Laub unter dem Dach des mächtigen Hallenwalds leuchten Buschwindröschen und Leberblümchen. Steile Höhenzüge wechseln mit tiefschwarzen Moorseen und Erlenbrüchen, dazwischen zahlreiche Findlinge, von der Eiszeit hinterlassen. Einmal flüchtet ein Reh ins Dickicht, hin und wieder hüpft eine kleine Kröte über den Pfad. Ansonsten bleiben die Wanderer unter sich.

Brandenburgisches Haupt- und Landgestüt in Neustadt an der Dosse: Zu den Vorführungen gehört auch die Präsentation der so genannten Ungarischen Post – dabei steht der Reiter auf dem Rücken zweier Pferde und lässt drei weitere Pferde als Gespann vor sich her traben.

Warmreiten vor der Dressurvorführung im Hof des Brandenburgischen Haupt- und Landgestüts in Neustadt an der Dosse. Die frühklassizistischen Gebäude stammen noch vom Ende des 18. Jahrhunderts.

Seit über 225 Jahren ist das heutige Brandenburgische Haupt- und Landgestüt der Pferdezucht verpflichtet. Einst zur Verbesserung der preußischen Pferdezucht gegründet, setzt das Gestüt heute auf erstklassige Reitsportpferde. Bei den Hengstparaden im September werden die Ergebnisse engagierter Zuchtarbeit vorgestellt.

Die ehemalige Klosterkirche St. Trinitatis aus dem 13. Jahrhundert ist Blickfang und Wahrzeichen Neuruppins zugleich.

Hauptanziehungspunkt Oranienburgs ist das Schloss – den Nachwuchs interessiert eher die Elefantenplastik vor dem Schlosspark.

Special

Theodor Fontane

Berühmter Wanderer

Fontane-Route, Fontane-Festspiele, Fontane-Hotel – sogar Fontane-Döner: Der Name des Schriftstellers ist überall in Brandenburg präsent. „Ganz Brandenburg ist fontanisiert", titelte die lokale Presse.

Viele Spuren findet man in Theodor Fontanes (1819–1898) Geburtsstadt Neuruppin mit ihrem klassizistischen Ensemble aus breiten preußischen Achsen und reichen Bürgerhäusern – darunter Fontanes Geburtshaus mit der historischen Löwenapotheke, die einst seinem Vater gehört hatte. Das Herz der Stadt dominiert kein Rathaus und auch keine Kirche, sondern das Alte Gymnasium, das vor Fontane auch der spätere Baumeister Karl Friedrich Schinkel besuchte. Und im Stadtmuseum sind Exponate zu bewundern, die Fontane in seinen Werken bereits beschrieb. 1907 setzten die Neuruppiner dem Sohn der Stadt ein Denkmal – regelmäßig zu seinem Geburtstag am 30. Dezember ein Treffpunkt bei Chorgesang und mit Blumenkränzen.

Neuruppins Küchenchefs forschen indessen über die Kulinarik zu Fontanes Zeiten: „Drei Monate lang habe ich experimentiert", sagt Max Golde. Der junge Hotelier („Altes Kasino", s. S. 60) will die Rezepte aus dem 19. Jahrhundert möglichst authentisch umzusetzen. „Zum Glück hatte ich das Kochbuch von Fontanes Großmutter als Vorlage". Goldes Fontane-Menü enthält historisch verbürgte Zutaten wie Schwarzwild und Flusskrebse – allerdings mit weniger Kalorien als einst.

Manche sagen Fontane eine Hassliebe zu Neuruppin nach. Eine kritisch-ironische Distanz lässt sich nicht verleugnen: Die Straßen seien wie ein „auf Auswuchs geschneiderter Rock, in den man nie ganz hineinwachsen könne" und die Plätze „so groß, dass die Altvorderen darauf ganze Städte hätten errichten können", schrieb er.

2011 wurde dieser einzigartige Tieflandbuchenwald zum Weltnaturerbe der UNESCO erklärt. Am Tag der Bekanntgabe läuteten die Kirchenglocken rund um den Grumsin – der Titel löste Euphorie aus, viele erhofften sich einen Aufschwung für die einsame Gegend. Doch dann mussten Waldbesitzer Flächen für das Schutzgebiet abgeben. Der Boom blieb aus, viele Junge zogen weg, Enttäuschung machte sich breit.

Ein Großteil des Gebiets wurde zudem zum Totalreservat erklärt – zum Schutz der Schwarzstörche und Seeadler, die hier brüten. Viele Anwohner und Besucher wünschen sich zumindest noch einen Wanderweg in die Kernzone. „Wir müssen den Menschen die Schönheit zeigen – sie hatten früher viel mehr Bezug zum Wald", sagt ein Naturführer. „Sie haben Pilze, Früchte, Brennholz gesammelt und an den Seen geangelt."

Auf ihren Touren erklären die Guides, wie Bäume mit Duftstoffen untereinander kommunizieren. Sie berichten von der Symbiose zwischen Pilzen und Bäumen und von der ungeheuren Energieleistung, mit der die Buchen im Frühjahr innerhalb kurzer Zeit Zehntausende von Blättern produzieren. Dazwischen Schweigen – und Gelegenheit, die Atmosphäre zu genießen: Die Stille der Mark, wie schon Fontane sie erlebte.

Ökologische Landwirtschaft

VON DER LPG ZUM ÖKODORF

Das Ökodorf Brodowin im Biosphärenreservat Schorfheide-Chorin gilt bundesweit als Vorbild in Sachen nachhaltiger Landwirtschaft. Der Demeter-Hof mit mehr als 100 Mitarbeitern zeigt, dass man Öko-Landbau profitabel betreiben kann, ohne dass Arbeitsplätze, Tierwohl oder Artenvielfalt beeinträchtigt werden.

Kritische Geister waren die Brodowiner schon immer: In den 1930er-Jahren befand sich in dem kleinen Dorf im Barnim eine Keimzelle der „Bekennenden Kirche", die sich trotz Verfolgung gegen die Gleichschaltung unter dem Nationalsozialismus wehrte. Und auch zu DDR-Zeiten tickte die Dorfgemeinschaft nicht immer systemkonform, diskutierte über Freiheit, Demokratie, Naturschutz.

So ist es nicht verwunderlich, dass die meisten Bauern der ansässigen LPG nach der „Wende" nicht einfach weitermachen wollten wie bisher: „Wie schaffen wir es, die Arbeitsplätze zu erhalten und gleichzeitig naturnah zu wirtschaften?", lautete die Frage damals. Sie besuchten Biohöfe in Westdeutschland und luden erfahrene Ökolandwirte nach Brodowin ein, um sich beraten zu lassen.

1990 fiel schließlich mehrheitlich die Entscheidung zur Gründung des Ökodorfs Brodowin, zunächst eine Agrargenossenschaft, heute eine Gesellschaft mit beschränkter Haftung, die nach den strengen Richtlinien des Demeter-Verbandes wirtschaftet. „Diese Art der Produktion erfordert viel Handarbeit, und die Umwelt profitiert", sagt Franziska Rutscher vom Ökodorf. „Mit konventioneller Landwirtschaft wären nicht so viele Arbeitsplätze entstanden."

Nach und nach begannen die Landwirte mit Milchverarbeitung, Käseherstellung und Gemüseanbau. Es entstand ein großes Gewächshaus, eine Ziegenherde gesellte sich zu den 600 Kühen, und für jede Legehenne darf auch ein als unwirtschaftlich geltender „Bruderhahn" am Leben bleiben. 1995 wurden die ersten „Brodowiner Ökokörbe" nach Berlin, Bernau und Eberswalde geliefert – als Abonnement saisonaler Produkte.

Heute gilt Brodowin mit seinen 1450 Hektar Fläche als größter Demeter-Betrieb Deutschlands. Die Arbeitslosigkeit im Ort lag seit der „Wende" nie höher als fünf Prozent, die Produkte erhalten regelmäßig Preise und Bestnoten von Warentestern. Die Süddeutsche Zeitung nannte das Projekt „Berlins gutes Gewissen".

KONTAKT IST ERWÜNSCHT

Doch die Kunden aus der Hauptstadt wollen nicht nur beliefert werden, sondern kommen auch gerne vorbei. Manche sind erst einmal enttäuscht, sie erwartet kein „Bullerbü" mit romantischem Vierseithof, Hühnern auf dem Misthaufen und Ziegen zum Streicheln. Stattdessen ein profitabel operierendes Großunternehmen mit schlichten Wirtschaftsbauten.

Einblick erhält man trotzdem: Besucher dürfen durch die Glasfassade der Molkerei bei der Produktion zusehen, bei einer Hofführung mehr über die Kreislaufwirtschaft nach Demeter-Prinzipien erfahren und können natürlich im Hofladen einkaufen.

Von Beginn an ging es nicht nur darum, Mindestkriterien zu erfüllen, sondern auch Naturschutz und Artenvielfalt aktiv zu fördern: durch das Pflanzen von Alleen, Hecken und Blühstreifen für Vögel und Insekten beispielsweise, die Renaturierung von Feuchtwiesen, das Anlegen von Laichgewässern und Rückzugsräumen für Fledermäuse – rund 15 aktive Projekte werden dauerhaft betreut.

Seit langem ist erwiesen, dass der Artenschwund bei Vögeln, Insekten und Amphibien zum großen Teil auf das Konto der Landwirtschaft geht – in der Region rund um Brodowin und das Biosphärenreservat hat sich in den vergangenen Jahren gezeigt, dass die Zahl der Vögel bei einzelnen Arten wieder zugenommen hat, bei anderen ist sie zumindest stabil geblieben. Das Beispiel macht Schule: Der Biolandbau in Brandenburg wächst, inzwischen wirtschaften schon mehr als 1300 Betriebe ökologisch.

Das Ökodorf Brodowin ist Arbeitsplatz, Beispiel und Vergnügen zugleich.

Informationen

Der **Hofladen** (Weißensee 1, 16230 Brodowin, Tel. 03334 818 13 00, www.brodowin.de) ist von April bis Okt. tgl. 9.00–18.00, sonst 10.00–17.00 Uhr geöffnet. **Hofführungen** im Sommer jeden Sa. und auf Anfrage (Tel. 0174 2 95 78 61). Besucher können **Picknickfahrräder** mit gefülltem Korb ausleihen.
Brandenburg informiert in einer **Broschüre über den ökologischen Landbau** (www.mlul.brandenburg.de).

Maßstab 1:650.000
10km
M e c k l e n b u r g
V o r p o m m e r n
Waren (Müritz)
Neustrelitz
Parchim
Wittstock /Dosse
Pritzwalk
Perleberg
Wittenberge
Kyritz
Neuruppin
Rheinsberg
Havelberg
Osterburg (Altmark)
Stendal
Tangermünde
Rathenow
Premnitz
Nauen
Falkensee
Hennigsdorf
Velten
Oranienburg
Wandlitz
Bernau b. B.
BERLIN
Neuenhagen
Strausberg
Eberswalde
Bad Freienwalde
Angermünde
Schwedt /Oder
Prenzlau
Templin
Zehdenick

STADT, LAND, FLUSS

Einsame Landschaften sind in der Prignitz östlcih der Elbe zu finden. Aus dem Seengebiet des Ruppiner Landes ragt der Musenort Rheinsberg hervor. Und die Uckermark trägt den Titel „Nachhaltige Tourismusregion". Eines sind alle drei Regionen: prädestiniert für Naturerlebnisse. Weitere Highlights sind das barocke Schloss Oranienburg und das Museum des Dreißigjährigen Krieges in Wittstock an der Dosse.

1 Wittenberge

Im 13. Jh. erstmals erwähnt, entwickelte sich Wittenberge (16 900 Einw.) zur wichtigen Industriestadt – nach der „Wende" mussten viele Betriebe schließen. Durch ihre Lage am Elberadweg und einen neuen Sporthafen hat die Stadt für Besucher mittlerweile an Attraktivität gewonnen.

SEHENSWERT
Ältestes Bauwerk ist das **Steintor** (13. Jh.) aus der Backsteingotik. Von Selbstbewusstsein zeugt u. a. das imposante neubarocke Rathaus (1914; August-Bebel-Straße 10; Turm April–Okt. Mo.–Do. 8.00–16.00, Fr. 8.00–12.00 Uhr). Das **Stadtmuseum Alte Burg** zeigt Stadt- und Industriegeschichte (Putlitzstraße 2; Mi.–Mo. 10.00–16.00 Uhr).

HOTELS UND RESTAURANT
In der **€ € € / € € Alten Ölmühle** kann man im ehem. Speicher oder in der Fabrikantenvilla übernachten (Bad Wilsnacker Straße 52, 19322 Wittenberge, Tel. 03877 567 99 46 00, www.oelmuehle-wittenberge.de). Einfach aber modern eingerichtet sind die Zimmer und Apartments im Gästehaus **€ Zur Hauptwache** (Hauptwache 1, 19309 Lenzen (Elbe), Tel. 038792 52 42 44, www.zurhauptwache.de).

UMGEBUNG
15 km südöstlich liegt das Storchendorf **Rühstädt** TOPZIEL (S. 46 ff.). Das Biosphärenreservat Flusslandschaft Elbe hat ein Besucherzentrum auf **Burg Lenzen** (www.burg-lenzen.de; nordw. außerhalb der Detailkarte, s. Karte 6).

INFORMATION
Touristinformation, Paul-Lincke-Platz 1, 19322 Wittenberge, Tel. 03877 92 91 81, www.wittenberge.de

2 Perleberg

Die „Perle der Prignitz" (12 100 Einw.) entstand im 13. Jh. auf einer Insel im Fluss Stepenitz. Der Handel und die Hanse machten die Stadt reich – bis zum Dreißigjährigen Krieg mit Plünderungen und Pest. Die verwinkelte Altstadt zeigt prächtiges Fachwerk.

SEHENSWERT
Ein Roland (1546) aus Elbsandstein wacht über den Marktplatz mit dem mächtigen Backstein-**Rathaus** (14. Jh./1839) und der dreischiffigen **Jacobikirche** (1294) sowie prächtigen Kaufmannshäusern aus dem 15. und 16. Jh. Das **Stadt- und Regionalmuseum** dokumentiert die Geschichte der westlichen Prignitz (Mönchort 7, www.stadtmuseum-perleberg.de; Di. bis Fr. 10.00–16.00, So. 11.00–16.00 Uhr).

INFORMATION
Stadtinformation, Großer Markt 12, 19348 Perleberg, Tel. 03876 78 15 22, www.stadt-perleberg.de

3 Wittstock/Dosse

Bis zur Reformation war Wittstock (14 100 Einw.) Residenz der Havelberger Bischöfe. Seine Stadtmauer ist einzigartig, ebenso das Museum des Dreißigjährigen Kriegs. Zur Landesgartenschau 2019 zeigte sich die Stadt grüner als je zuvor. Südlich erstreckt sich die Kyritz-Ruppiner Heide.

SEHENSWERT
Von der **Bischofsburg** blieb der 32 m hohe Torturm (13. Jh.), Sitz des **Museums des Dreißigjährigen Krieges** mit seiner multimedialen Ausstellung; im benachbarten Ostprignitz-Museum geht es um Regionalgeschichte (Amtshof, www.mdk-wittstock.de; Mai–Aug. Di.–Do. 9.00–17.00, Fr. 9.00–15.00, Sa. und So. 11.00 bis 16.30 Uhr, sonst kürzer). Die Altstadt ist von der gut 2400 m langen **Stadtmauer** umschlossen. Erhalten blieben auch rund 40 Wiekhäuser und das **Gröper Stadtor** (14. Jh.). Neugestaltet zeigt sich der Marktplatz mit dem neugotischen **Rathaus** (1905) und der **St.-Marien-Kirche,** einem gotischen Backsteinhallenbau (13. Jh.).

UMGEBUNG
In **Pritzwalk** (11 900 Einw., 30 km westl.) sind das klassizistische Rathaus (1829) und Reste der Stadtmauer aus dem 14. Jh. sehenswert (www.pritzwalk.de).

INFORMATION
Touristinformation, Am Bahnhof 2, 16909 Wittstock, Tel. 03394 42 9550, www.wittstock.de

Tipp

Tauchen im Öltank

Von außen sieht er aus wie ein Burgturm, innen lagerten einst 350 Tonnen Lein- und Rapsöl. Heute kann man im Stahltank der einstigen Ölmühle Wittenberge auf Tauchgang gehen. Wem das zu nass ist, der nimmt im Nachbarturm den Kletterparcours in Angriff.

INFORMATION
Tauchturm Wittenberge, Tel. 03877 567 99 46 00, www.tauchturm-wittenberge.de

Wittstocks Stadtmauer mit dem Gröper Tor (rechts oben). Mit der Elbfähre nach Lenzen (rechts unten)

4 Neuruppin

Mit seinen riesigen Plätzen, breiten Straßen und stolzen Bürgerhäusern gilt Neuruppin (30 800 Einw.) als „preußischste Stadt Brandenburgs". Das architektonische Ensemble entstand nach dem großen Stadtbrand von 1787.

SEHENSWERT

Am Seeufer thront die **Klosterkirche St. Trinitatis** aus dem 13. Jh., Überbleibsel des einstigen Dominikanerklosters. Am Bernhard-Matthias-Brasch-Platz (1810) zeigt sich die Großzügigkeit der preußischen Bauweise. Das **Fontane-Denkmal** entstand 1907 nach einem Entwurf des Bildhauers Max Wiese. Im Stadtzentrum liegt der Schulplatz mit dem **Alten Gymnasium** (1790), das Fontane besuchte. Dessen Geburtshaus (Karl-Marx-Straße 84) mit der Löwenapotheke ist nicht öffentlich zugänglich. Eine exotische Oase bildet der **Tempelgarten,** den (Kronprinz) Friedrich II. 1732 als Nutzgarten anlegen ließ (Präsidentenstraße 64, www.tempelgarten.de; April–Okt. tgl. 9.00 bis 20.00, sonst tgl. 9.00–17.00 Uhr).
Das **Museum Neuruppin** zeigt neben Stadtgeschichte Exponate zu Fontane und historische „Neuruppiner Bilderbogen", einem Vorläufer von Magazinen (August-Bebel-Straße 14, www.museum-neuruppin.de; Mi.–Mo. 11.00–16.00 Uhr).

HOTEL UND RESTAURANT

Ein mittelalterliches Hospital dient heute als **€ € / € Up Hus Idyll** (Siechenstraße 4, 16816 Neuruppin, Tel. 03391 39 88 44, www.up-hus.de). Das **€ € € / € € Alte Kasino** hat märkische Küche auf der Karte (An der Seepromenade 11, Tel. 03391 30 59, www.hotel-altes-kasino.de).

UMGEBUNG

Theodor Fontane und Kurt Tucholsky ließen sich von der Residenzstadt **Rheinsberg** (8000 Einw.; www.rheinsberg.de) mit ihrem Schloss inspirieren. Als Kronprinz verbrachte Friedrich II. hier einige Jahre. Baumeister von Knobelsdorff wirkte mit an der Gestaltung der dreiflügeligen Anlage von **Schloss Rheinsberg** TOPZIEL mit seinen charakteristischen Rundtürmen. Im Schlossmuseum taucht man in die höfische Wohnkultur des 18. Jh. ein (www.spsg.de; April bis Okt. Di.–So. 10.00–17.30, sonst Di.–So. 10.00 bis 16.00 Uhr). Das Kurt-Tucholsky Literaturmuseum erinnert an den Schriftsteller (www.tucholsky-museum.de; Zeiten wie Schloss). Für musikalische Freuden sorgen die Kammeroper Schloss Rheinsberg (www.kammeroper-schloss-rheinsberg.de) und die Musikakademie Rheinsberg (www.musikakademie-rheinsberg.de).
In **Neustadt an der Dosse** ist das Brandenburgische Haupt- und Landgestüt zu finden, bekannt für Pferdezucht und seine Hengstparaden (www.neustaedter-gestuete.de).

INFORMATION

Tourismus-Service, Bürgerbahnhof, Karl-Marx-Straße 1, 16816 Neuruppin, Tel. 03391 45 46 0, www.tourismus-neuruppin.de

5 Oranienburg

Zwei symbolträchtige Orte sind mit der 800 Jahre alten Stadt (44 900 Einw.) verbunden: das Barockschloss und mit dem KZ Sachsenhausen ein Mahnmal der Menschenverachtung.

SEHENSWERT

Schloss Oranienburg, 1690 zum barocken Lustschloss ausgebaut, erfuhr im 19. und 20. Jh. diverse Nutzungen. Kurfürstin Louise Henriette legte um 1660 den Schlosspark an, der anlässlich der Landesgartenschau 2009 sein heutiges Aussehen erhielt. Die Sammlung im **Schlossmuseum** umfasst u. a. Kunst des 17. und 18. Jh.; angeschlossen ist das Kreismuseum (Schlossplatz 1, www.spsg.de; April–Okt. Di.–So. 10.00 bis 17.30, sonst Di.–So. 10.00–16.00 Uhr).
Am Stadtrand liegt die **Gedenkstätte und Museum Sachsenhausen.** Bis 1945 waren hier mehr als 200 000 Menschen in Haft, ein Großteil kam ums Leben. Von 1945 bis 1950 sowjetisches Speziallager (Straße der Nationen 22, www.sachsenhausen-sbg.de, Mitte März–Mitte Okt. tgl. 8.30–18.00, sonst tgl. 8.30–16.30 Uhr).

INFORMATION

Tourismusverein Oranienburg und Umland, Schlossplatz 2, 16515 Oranienburg, Tel. 03301 600 81 10, www.oranienburg-erleben.de

6 Templin

Idyllisch am See gelegen, mit Thermalsoleheilbad und historischer Altstadt, gilt das 750-jährige Templin (15 700 Einw.) als eine der schönsten Uckermark-Städte. Die bedeutendsten Bauten entstanden 1735 im Barockstil.

SEHENSWERT

Im Herzen liegt der von Linden gesäumte Marktplatz mit dem barocken **Rathaus** (1751). Die Altstadt ist von einer 1735 m langen mittelalterlichen **Stadtmauer** umgeben, in die drei mächtige Backsteintürme integriert sind. Im Prenzlauer Tor (Urspr. 13. Jh.) hat das **Museum für Stadtgeschichte** seinen Sitz (www.museum-templin.de, Mai–Sept. Do.–Mo. 10.00 bis 18.00, sonst bis 17.00 Uhr). Vom Turm der **Maria-Magdalenen-Kirche** (18. Jh.) blickt man weit über Templin und den Stadtsee (Martin-Luther-Straße; Ostern–Okt. Mo.–Sa. 10.00 bis 12.30 und 13.00–16.30 Uhr).

ERLEBEN

Sommers legen am Bootsanleger Eichwerder Ausflugsschiffe u. a. zur Fünf-Seen-Rundfahrt ab (www.dampfer-templin.de). Die **Westernstadt El Dorado** begeistert Familien mit ihren Shows (Am Röddelinsee 1, www.eldorado-templin.de).

UMGEBUNG

Nordwestlich erstreckt sich der Naturpark Uckermärkische Seen auf einer eiszeitlichen Hügellandschaft. Ausgangspunkt für Paddel- und Bootstouren ist das idyllisch gelegene **Lychen** (20 km nordw.; www.lychen.de).

INFORMATION

Tourismusinformation, Am Markt 19, 17268 Templin, Tel. 03987 26 31, www.templin.de

7 Angermünde

Der Erholungsort (13 800 Einw.; Stadtrecht 1254) besticht mit seiner Ackerbürgeraltstadt. Als Tor zum Biosphärenreservat Schorfheide-Chorin ist er Ausgangspunkt ins Weltnaturerbe Buchenwald Grumsin.

SEHENSWERT

Am von Fachwerk umgebenen Marktplatz mit Marktbrunnen steht das barock-klassizistische **Rathaus** (um 1700). Den höchsten Punkt der Stadt markiert die **Marienkirche** (13.–16. Jh.) aus Feld- und Backsteinen. Von der Anlage des **Franziskanerklosters** (Urspr. um 1250) steht noch die Kirche als Kulturzentrum. Erhalten blieben Reste der **Stadtmauer** mit dem Pulverturm, auf dem regelmäßig Störche nisten.

Prenzlaus Mitteltorturm und Marienkirche (links). Fontanes Wanderpause in Neuruppin (rechts oben). Immer wieder umgestaltet: Schloss Boitzenburg (rechts unten)

HOTEL
Aus einer alten Stadtvilla wurde das **€ € / € Hotel 1912** (Bahnhofsplatz 3, 16278 Angermünde, Tel. 03331 298 02 70, www.hotel1912.de).

UMGEBUNG
Altkünkendorf (9 km westl.) ist Ausgangspunkt für Wanderungen in das Weltnaturerbe Buchenwald Grumsin. Das **Naturerlebniszentrum Blumberger Mühle** bei Kerkow (nordw.) umfasst Teiche und ein Sumpfschildkrötengehege (www.blumberger-muehle.de). Am Ende des Zweiten Weltkriegs zur „Festung" erklärt und weitgehend zerstört, ist die Industriestadt **Schwedt** (30 500 Einw.; www.schwedt.eu) heute als Tor zum **Nationalpark Unteres Odertal TOPZIEL** (www.nationalpark-unteres-odertal.eu) von Bedeutung. Geführte Kanutouren und Wanderungen bietet hier Flusslandschaft Reisen (www.flusslandschaft-reisen.de).

INFORMATION
Tourismusverein, Hoher Steinweg 17/18, 16278 Angermünde, Tel. 03331 29 76 60, www.angermuende-tourismus.de

8 Prenzlau

Einst ein blühendes Handelszentrum (Stadtrecht 1234), wurde die inoffizielle Hauptstadt der Uckermark (19 000 Einw.) erst kuurz vor Ende des Zweiten Weltkrieg, im April 1945 schwer getroffen. Das Zentrum zeigt sich heute als architektonische Mischung aus Platte, Back- und Feldstein.

SEHENSWERT
Weithin sichtbar dominieren die Backsteintürme der **Marienkirche** (1340) das Stadtbild. Vom Krieg unversehrt blieb die Anlage des **Dominikanerklosters** (13. Jh.) mit St. Nikolai, Kreuzgang, spätgotischen Wandmalereien und **Kulturhistorischem Museum** (Uckerwiek 813; Mai–Sept. Di.–So. 10.00–18.00, sonst Di.–So. 11.00–17.00 Uhr). Ein Rundweg führt entlang der im Ursprung mittelalterlichen **Stadtbefestigung** mit ihren sechs Tortürmen und den Wiekhäusern.

AKTIVITÄTEN
Aktivitäten aller Art sind am **Unteruckersee** möglich: vom Baden im Seebad (Uckerpromenade 46) über Kanutouren (Verleih im Strandcafé Balu, Uckerpromenade 45) bis zu Schiffsfahrten (www.uckerseeschiff.de).

UMGEBUNG
Viel Natur in einer hügeligen Seenlandschaft bietet das Boitzenburger Land (20 km westl.). Das prächtige Renaissanceschloss **Boitzenburg** ist heute ein Luxushotel.

INFORMATION
Stadtinformation Prenzlau, Marktberg 2, 17291 Prenzlau, Tel. 03984 83 39 52, www.prenzlau-tourismus.de

DURCHS „BOMBODROM"

Die Kyritz-Ruppiner Heide im Norden der Prignitz ist eine der einsamsten Regionen Deutschlands. Bis 2012 hieß es in dem einstigen Truppenübungsplatz noch „Betreten verboten". Heute kann man in Teilen des „Bombodroms" mit Fatbike oder E-Bike auf Erkundungstour gehen – und auf seltene Tierarten stoßen.

Die Heide blüht! Teppiche in leuchtendem Violett säumen die Sandpiste. Markant heben sich die weißen Stämme der Birken von den bunten Farbinseln ab. „Achtung, runterschalten!", ruft Günter Lutz vor einem tiefen Sandloch – es ist gar nicht so einfach, sich angesichts der idyllischen Landschaft auf den Weg zu konzentrieren. Zwei Fatbiker „schwimmen" geschickt durch das Hindernis, doch der nächste bleibt stecken. Mehr als zehn Jahre lang kämpfte die Bevölkerung der umliegenden Dörfer nach der „Wende" für eine „freie Heide". Dann durfte die Sielmann-Stiftung Teile des militärischen Geländes übernehmen. Etwa sieben Kilometer Wege sind frei von Munition – der Spielplatz für Naturführer Günter Lutz mit seinen Touren. Durch den Sand kommt man nur mit den dicken Reifen eines Fatbikes – oder mit der Power eines E-Mountainbikes.

Früher hieß es hier noch „Betreten verboten".

Einmal flattert ein Wiedehopf vorbei, und aus dem nahe gelegenen Kiefernhain schallt der schrille Ruf eines Ziegenmelkers – rund ein Fünftel der deutschen Population dieses seltenen Vogels lebt hier. „Tagsüber ist er durch seine Tarnung nahezu unsichtbar", erklärt Lutz. „Aber bei Dunkelheit können wir ihn anlocken – dann leuchtet der weiße Streifen in seinem Gefieder."

Weitere Informationen

Geführte Radtouren mit E-Bike oder Fatbike sind buchbar bei Günter Lutz (Mobile Reiseberatung, Tel. 033963 4 03 04, www.prignitzradler.de), auch Spezialtouren zum Thema Imker oder Ziegenmelker.
Kremserfahrten bietet die Ruppiner Fahrtouristik (Jürgen Strache, Dorfstraße 4, 16827 Zermützel, Tel. 033917 57 67, www.kremserhof.de).
Natur- und Landschaftsführung findet man auf www.kyritz-ruppiner-heide.de.

Havelland und Fläming

*

WIEGE DER MARK BRANDENBURG

*

Brandenburg an der Havel hat sich von einem Industriezentrum in eine liebenswerte Stadt am Wasser verwandelt. Wesentlich einsamer wird es im Naturpark Westhavelland – dem ersten Sternenpark in Deutschland.

1180 wurde das Zisterzienserkloster Lehnin gegründet. Es sollte die umliegende Region geistlich und landwirtschaftlich entwickeln.

Bereits im 14. Jahrhundert ermöglichte ein Damm zwischen Dominsel und Neustadt den Betrieb von Wassermühlen in Brandenburg an der Havel – ein Gewerbe, das bis zur „Wende" florierte. Heute gehört der Mühlendamm mit seinem Havelblick zu den gefragtesten Wohnlagen der Stadt.

Einst umgab die Brandenburger Altstadt und die Neustadt jeweils eine eigene Wehranlage. Der Steintorturm, einer von vier verbliebenen Tortürmen, gehörte zur im 15. Jahrhundert ausgebauten neustädtischen Stadtbefestigung. Zeitweise Stadtgefängnis, beherbergt das kreisrunde Bauwerk heute eine Außenstelle des Stadtmuseums Brandenburg.

Blick vom Steg am Mühlendamm auf die Dominsel. Schon in vorgeschichtlicher Zeit ein Siedlungsplatz, war die Havelinsel Standort der slawischen Burg Brendanburg und später, nach Abschluss der mittelalterlichen deutschen Ostexpansion, Sitz des Bistums Brandenburg.

Bilderbuchblick auf die Havelstadt Werder. Ihr Name bedeutet schlicht Flussinsel – ursprünglich war sie von Handwerkern und Fischern bewohnt. Heute ist Werder ein beliebter Ausgangspunkt gemütlicher Schifffahrten auf Havel, Glindower und Schwielowsee.

IN DEN VERGANGENEN 30 JAHREN HAT SICH BRANDENBURG ZUR MODELLSTADT FÜR EIN LEBEN AM UND AUF DEM WASSER ENTWICKELT.

Acapulco, das liegt in Brandenburg! Sanft plätschern die Wellen an den Sandstrand, darüber gleißt die Sonne. Nicht ohne Grund heißt es in einem alten Schlager: „Wozu brauchen wir die Südsee, Zuckerhut und Muschelgeld? Acapulco liegt im Beetzsee – Brandenburg ist unsere Welt!" Jeden Sommer legen Skipper und Kanuten an dem 120 Meter langen Inselchen an, das eigentlich Hünensteg heißt. Sogar Biber wurden schon gesichtet.

Die „Märkische Karibik" gehört zum Stadtgebiet von Brandenburg an der Havel, einer der gewässerreichsten Gemeinden in Deutschland. Wasser bedeckt rund 20 Prozent der Stadtfläche: nicht nur das zahlreicher Seen, sondern auch das der Havel, die sich in mehrere Arme, Kanäle und Seitenstränge verzweigt. Der Fluss umspült auch die Dominsel, das Herz der Stadt – und die Wiege des Landes Brandenburg.

Hier erhob sich ab dem 8. Jahrhundert die wichtigste Burg der slawischen Heveller. Hier entstand 948 der erste Dom östlich der Elbe. Hier wurden die Slawen 1157 durch die Eroberung der Burg all ihrer Macht beraubt. Albrecht der Bär, der erste Markgraf von Brandenburg, nannte den Bau später die „vornehmste meiner Burgen". Und hier erhielt das Land den Namen eben dieser Festung.

Der Bedeutungsverlust der Stadt setzte erst ein, als die Hohenzollern im 15. Jahrhundert ihr Machtzentrum nach Berlin verlagerten. Brandenburg war indessen immer wirtschaftlich erfolgreich: zunächst als Mitglied der Hanse, später als wichtigster Industriestandort der Region – eine Tradition, die auch zu DDR-Zeiten fortgesetzt wurde. Bis zur „Wende", nach der viele Betriebe schließen mussten.

NEUERFINDUNG ALS WASSERSTADT

„In meiner Kindheit haben wir den Fluss an vielen Stellen nicht zu Gesicht bekommen", erinnert sich eine Brandenburgerin. „Der Blick auf die Havel war oft von Fabriken, Baracken, Garagen und Mauern verstellt." Doch in den vergangenen 30 Jahren hat sich Brandenburg zur Modellstadt für ein Leben am und auf dem Wasser entwickelt. Über 80 Brücken verbinden die verschiedenen Stadtteile.

Die einstige Industriearchitektur wurde dabei geschickt integriert: In der Halle der alten Wiemann-Werft speist man heute am Fluss, ehemalige Backsteinmühlen wurden in Wohnungen verwandelt, ein früheres Eisenlager dient als schickes Hotel mit eigenem Bootsanleger. Albert, Alexander, Friedrich und Hermann – so heißen die Hausboote, mit denen man hier zur Stadterkundung aufbrechen kann.

Seit 140 Jahren feiert Werder um den 1. Mai herum sein Baumblütenfest, das alljährlich Hunderttausende Besucher anlockt.

Gemächlich tuckert das Gefährt vorbei an Jachthäfen, Gründerzeitbauten und Industrielofts, dazwischen immer wieder Kleingärten mit Obstbäumen und liebevoll ausgebauten Datschen. Am Ufer stehen Blumentöpfe in Reih und Glied, die Blüten ranken bis ins Wasser. Mittendrin liegen die alten Kähne eines Fischers am Ufer, der seine Reusen im Stadtgebiet aufstellt. Lautes Johlen klingt von einem Strand herüber – die Havel hat wieder Badequalität.

Dann öffnet sich der Fluss in die Natur: Im Norden schließt sich der Beetzsee an, im Westen Quenz- und Plauer See, Breitling- und Möserscher See. Wer Zeit hat, kann von hier auf Wasserwegen Elbe und Oder erreichen. Der neue Charakter ihrer Heimat hat inzwischen viele abgewanderte Brandenburger zur Rückkehr bewegt. Und sogar die Berliner werfen – auch dank günstiger Mieten – neidische Blicke.

IM ZEICHEN DER BIRNE

Rund um die Stadt Brandenburg erstreckt sich das Havelland, der Obst- und Gemüsegarten der Mark. Geradezu berühmt sind die Birnen von einem Rittergut, das heute Gäste aus der ganzen Welt anzieht: „Herr von Ribbeck auf Ribbeck im Havelland, ein Birnbaum in seinem Garten stand ...“ – mit diesen Zeilen be-

Special

Heilstätten Beelitz

Lost Place

Wie Schiffe auf einem wogenden Meer ragen die Spitzen gigantischer Bauwerke aus den Wäldern bei Beelitz. Die verlassenen Backsteinbauten wirken wie verwunschene Schlösser. Kyrillische Buchstaben bedecken die Marmorsäulen und Graffiti die Wände. Die Heilstätten Beelitz sind der faszinierendste Lost Place in Berlin-Brandenburg.

Von 1898 an entstand hier innerhalb von nur vier Jahren die größte und modernste Lungenheilklinik Deutschlands – nicht für die Oberen Zehntausend, sondern für die Arbeiterklasse. Die Zustände in Berlin waren untragbar geworden: Die Tuberkulose raffte in den Hinterhofquartieren Tausende dahin, die Regierung musste handeln. Heilung war in Beelitz zwar nicht zu erwarten – Antibiotika wurden ja erst Mitte des 20. Jahrhunderts entdeckt – doch nach mehreren Wochen bei kräftiger Kost und Freiluft-Liegekuren konnten viele Patienten wieder zur Arbeit zurückkehren. Zentralheizung und warmes Wasser, belüftete Zimmer, Kinovorführungen und eine Bibliothek: Die Beelitzer Heilstätten waren ihrer Zeit weit voraus.

Nach 1945 führten die Sowjets die Klinik weiter – Erich Honecker war 1992 hier in Behandlung. Zwei Jahre später wurde das Areal an die Bundesrepublik übergeben, nach einem missglückten Investorenprojekt setzte der Verfall ein. Die Technoszene feierte Partys, Filmteams drehten Horrorstreifen. Nun entsteht ein neues Whngebiet mit 800 Häusern. Die Ruinen sind noch da: Man erkundet sie auf dem Baumkronenpfad, und auf Führungen tauchen Besucher in die Räume, um die sich Geschichten ranken, etwa im Speisesaal, den Sowjetsoldaten als Fußballplatz nutzten. Oder in den unterirdischen Gängen, in denen trotz strenger Trennung von Männer- und Frauentrakt heimliche Treffen stattfanden (s. S. 78).

In Werder drehte sich einst manche Mühle im Wind. Als Ersatz für die letzte, 1973 abgebrannte, wurde diese historische Bockwindmühle erstanden, restauriert und alljährlich beim Mühlenfest im August gefeiert (oben links). Auf den 15 Kilometern des Panoramawegs Werderobst lässt sich die Blütenpracht der Kultur- und Obstlandschaft genießen (oben rechts)

Seit 1861 gibt es den vor allem im Berliner Raum bekannten Beelitzer Spargel.

Bis zur Reformation war Kloster Lehnin ein prosperierender Wirtschaftsbetrieb und gehörte zu den reichsten im Land. Danach diente es als landesherrschaftliche Domäne und Jagdschloss. Nach den Verheerungen des Dreißigjährigen Kriegs wurden in seiner Umgebung viele protestantische Glaubenflüchtlinge aus Frankreich angesiedelt.

Über zwei Jahrhunderte zog sich der Bau von Jüterbogs Nikolaikirche hin, bis sie 1488 geweiht werden konnte. Das vielgestaltige Gotteshaus ist das größte der Region und erzählt von einstiger Bedeutung, an die das Städtchen nach der Katastrophe des Dreißigjährigen Kriegs allerdings nicht mehr anzuknüpfen vermochte.

Das Museumsdorf Baruther Glashütte berichtet von der 300-jährigen lokalen Glasbläsergeschichte und der immerhin 3000-jährigen Tradition der Glasverarbeitung und -nutzung. Zudem können Besucher hier selbst Glas blasen (Mitte links).
Die Fläming Skate richtet sich in erster Linie an Inliner – doch auch Radler, Skateboard- und sportliche Rollstuhlfahrer fühlen sich hier wohl (Mitte rechts).

Die spätgotische Johanniskirche von Luckenwalde besitzt nur einen kleinen Dachreiter. Als ihr Kirchturm dient der auf das 12. Jahrhundert zurückgehende Marktturm, zugleich Wahrzeichen und Aussichtspunkt der im Baruther Urstromtal gelegenen Kreisstadt.

Das Neumarkttor war einst der östliche Zugang zu Jüterbog. Es geht – wie auch die anderen erhaltenen Teile der Stadtbefestigung – auf das 14. Jahrhundert zurück. Im Hintergrund ist der Eierturm zu erkennen, der von einer älteren Stadtmauer stammt.

ginnt das Gedicht von Theodor Fontane über den Gutsherrn, der immer ein paar Birnen in den Taschen trug und an die Kinder verschenkte: „Junge, wiste ,ne Beer?"

„In Wahrheit waren auch Äpfel dabei, aber das hat Fontane unterschlagen", sagt Axel Koziol, der die alte Dorfschule von 1841 wieder zum Leben erweckte und Besucher durch den Ort führt. Für Fontanes Aufenthalt in Ribbeck gebe es keinen Beleg, berichtet Koziol. Doch der beschriebene Gutsherr lebte wirklich – Hans-Georg von Ribbeck war für seine Freigiebigkeit bekannt.

Anfang der 1990er-Jahre kamen die ersten Ausflügler und wollten den berühmten Birnbaum sehen. Manche Bewohner in dem idyllischen Bilderbuchdorf hatten bis dahin noch nie von dem Gedicht gehört: In der DDR stand es nicht auf dem Lehrplan, schließlich war der Adel verpönt. Der Dorfpfarrer kam als Erster auf die Idee, Kaffee und Kuchen anzubieten – und verdiente damit das Geld für die Restaurierung seiner mittelalterlichen Kirche.

Heute sind die Birnen überall präsent: Im Deutschen Birnengarten gedeihen Sorten aus den 16 Bundesländern, im Pfarrgarten kann man sogar Pate eines Baums werden. Die Nachfahren derer von Ribbeck brennen in der alten Destillerie Birnenessig und Schnäpse. Der „Ribbäcker" serviert in der einstigen Pfarrscheune Flammkuchen mit Birnenbelag, und im Hofladen im ehemaligen Waschhaus gibt es frische Torten, Carpaccio, Senf und sogar Salami mit Birne. Für größeren Hunger stehen Birnenchili und Birnengulasch auf der Karte.

„Und hier stand der Birnbaum aus dem Gedicht", sagt Axel Koziol und deutet auf ein junges Bäumchen hinter der Kirche. „Inzwischen sind wir bei Baum Nummer vier gelandet!" In ein paar Jahren soll er üppige Früchte tragen. Das Original aus dem Gedicht fiel 1911 einem Blitzeinschlag zum Opfer – den verwitterten Stumpf kann man in der Kirche bewundern.

UNTER DER MILCHSTRASSE

Je weiter man von Ribbeck in Richtung Elbe reist, desto einsamer wird das Land. Nur wenige Menschen leben im Naturpark Westhavelland, dem größten in Brandenburg. Die so genannte Lichtverschmutzung durch Städte oder Industrie ist hier gering und die Nächte werden besonders dunkel – beste Voraussetzungen zur Sternenbeobachtung. Seit 2014 darf die Region deshalb den Titel „Sternenpark“ der International Dark Sky Association tragen.

Rund 80 Prozent der Kommunen haben sich seitdem verpflichtet, das Projekt zu unterstützen, indem sie Lichtquellen nur noch zielgerichtet einsetzen, dimmen oder ganz ausschalten. Kein Flutlicht mehr auf leeren Parkplätzen, keine angestrahlten Fassaden, keine weithin leuchtenden Gewerbebetriebe. In Gesprächen mit Bauämtern, Elektrikern und Bürgern versucht die Parkverwaltung für das Thema zu sensibilisieren.

Der Rückgang der Lichtverschmutzung geht einher mit sinkenden Stromkosten und einem Klimaschutzeffekt. Sogar die Tierwelt profitiert: Starke Lichtquellen locken nachtaktive Insekten aus ihrem natürlichen Lebensraum, und Zugvögel werden manchmal von ihrer Route abgelenkt, weil das Kunstlicht ihren angeborenen Orientierungssinn verwirrt.

JE DUNKLER DER NACHTHIMMEL, DESTO HELLER LEUCHTEN DIE STERNE.

Seit der Ernennung zum Sternenpark kommen immer öfter Hobby-Astronomen in die besonders dunkle Kernzone zwischen dem Gülper See und Nennhausen. Sie besuchen das einmal jährlich stattfindende Astrotreffen, nehmen an Foto-Workshops und Nachtwanderungen teil oder genießen in einem Liegestuhl in der Wildnis einfach nur den Blick auf Sternennebel, Sternschnuppen oder die Milchstraße in ihrer Ausdehnung und ihrer ganzen Pracht.

Im Naturpark Westhavelland (oben). Radlerparadies Hoher Fläming (Mitte). „Lebendige Führungen“ für Rabenstein-Besucher (unten)

Vorbei an Deetz mäandert die Havel Richtung Brandenburg (oben). Südlich von Bad Belzig erhebt sich Burg Rabenstein auf dem Hohen Fläming; seine Falknerei im Eulen- und Greifvogelpark lässt im Sommer bei täglichen Flugvorführungen bis zu zwölf Greifvögel fliegen (unten)

Heinz-Sielmann-Stiftung

WISENTE STATT PANZER

Heinz Sielmann gilt bis heute als bekanntester Tierfilmer des Landes. Die von ihm gegründete Stiftung hat in Brandenburg Truppenübungsplätze und Bergbaulandschaften erworben, um sie der Natur zurückzugeben – keine leichte Aufgabe!

Przewalski-Pferde in der Naturlandschaft Döberitzer Heide

Junge Robinien sind umgeknickt, Büsche zertrampelt, die Rinde der Traubenkirschen ist abgenagt. Die meisten Förster würden sich bei diesem Anblick die Haare raufen, doch Peter Nitschke betrachtet das scheinbare Chaos mit strahlenden Augen: „Wunderbar, genauso haben wir es uns vorgestellt“, sagt der Leiter von Sielmanns Naturlandschaft Döberitzer Heide nördlich von Potsdam, „die Wisente und Wildpferde machen ihre Arbeit.“

Der Naturschützer befindet sich auf Erkundungsfahrt durch die Wildniskernzone des 2004 gegründeten Schutzgebiets. Umgestürzte Bäume erschweren dem Geländewagen das Durchkommen. Immer wieder weist Nitschke auf besondere Tiere hin: einen Fischadler in seinem Horst, eine vorbeisurrende Mosaikjungfer, eine Rotte Wildschweine in der Ferne. Am Wegesrand wachsen Bergsandknöpfchen und blaue Natternköpfe.

Erst seit der „Wende“ wird in der Döberitzer Heide nicht mehr geschossen: Im Jahr 1713 fanden hier erstmals Truppenübungen statt, eine Tradition, die bis zum Abzug der Roten Armee 1991 unverändert blieb. Das Militär hinterließ eine Offenlandschaft mit Heide und Trockenrasen, wie sie in Deutschland selten geworden ist – ein Refugium für rund 5500 verschiedene Tier- und Pflanzenarten, darunter allein mehr als 2000 verschiedene Käfer.

„Wir mussten erst einmal Wege entmunitionieren und die natürliche Wiederbewaldung zurückdrängen“, sagt Nitschke. Anschließend wurden urzeitliche Tiere ausgewildert: Umgeben von einem Elektrozaun, leben in der Kernzone heute neben Rothirschen und Rehen mehr als 80 Wisente und zwei Dutzend Przewalski-Pferde. Alle zusammen halten weite Teile des Geländes frei von Wald. Kleinere Tiere können dagegen durch Pforten im Zaun ein- und auch ausschlüpfen.

ERHALT NATÜRLICHER LEBENSRÄUME

Die Döberitzer Heide ist eines von fünf Brandenburger Projekten der Heinz-Sielmann-Stiftung, die der renommierte Tierfilmer, Produzent und Autor (1917–2006) 1994 – gemeinsam mit seiner Frau Inge – ins Leben gerufen hat. Sie unterstützt den Erhalt

Bis in das 20. Jahrhundert hinein lebten Wisente in den Mischwäldern Europas. Danach existierten die mächtigen Wildrinder nur mehr in Zoos und Wildparks. Seit gut 70 Jahren wird wieder versucht, sie auszuwildern.

Lange wurden die aus Zentralasien stammenden Przewalski-Pferde als letzte Wildpferdart betrachtet. Jüngste Untersuchungen zeigen allerdings, dass es sich um bereits vor Tausenden von Jahren verwilderte Hauspferde handelt.

natürlicher Lebensräume, fördert Biotopverbünde und möchte insbesondere Kinder und Jugendliche an die Natur heranführen, unter anderem mit Naturerlebniszentren, einem Juniorranger-Programm und geführten Touren.

Den Grundstein legte die Stiftung mit der Bergbaufolgelandschaft Wanninchen, in der zwischen Luckau und Calau Gewässer angelegt und Moore renaturiert wurden. Mit den Groß Schauener Seen steht bei Storkow eine einzigartige Wasserlandschaft unter Schutz, in der Fischotter, Rohrdommel, Seeadler und Kranich heimisch sind. Jüngste Erwerbung ist die Tangersdorfer Heide in der Uckermark, ebenfalls ein einstiges militärisches Übungsgebiet.

VOLLER EXPLOSIVER ALTLASTEN

Die größte Herausforderung erwartet die Stiftung in der Kyritz-Ruppiner Heide, dem einstigen „Bombodrom" (s. S. 70). Ein 13 Kilometer langer Weg ist hier inzwischen freigegeben, doch der Großteil des Gebiets bleibt wegen der explosiven Altlasten geschlossen. Die Sielmann-Stiftung forscht hier mit weiteren Partnern an der Entwicklung einer gepanzerten Maschine, mit der die Landschaft ferngesteuert gepflegt werden kann.

„Wir können in der Döberitzer Heide zwar viel erreichen", sagt Peter Nitschke, „aber unser Gebiet bildet nur eine wertvolle Insel der Biodiversität – wir brauchen auch Ausbreitungskorridore in andere Schutzgebiete." Dabei ist die Politik gefragt. Heinz Sielmann hat dagegen immer vor allem auf die Menschen gesetzt: „Wir können nur schützen, was wir auch kennen", lautete einer seiner Leitsätze – und zum Entdecken gibt es in Brandenburg viele Möglichkeiten.

Informationen

Die **Heinz-Sielmann-Stiftung** bietet in ihren Naturlandschaften einen umfangreichen Veranstaltungskalender mit Ausstellungen, Exkursionen, Wildniscamps, Vorträgen, Wanderungen und Workshops (Tel. 05527 91 40, www.sielmann-stiftung.de).

Einblicke in die **Kernzone der Döberitzer Heide** können Besucher von außen auf einem 22 Kilometer langen Rundweg erhalten und dabei mit Glück auch Wildpferde und Wisente sehen. Die Heide ist insgesamt mit 55 Kilometer Wanderwegen erschlossen. Ein Höhepunkt in der Kyritz-Ruppiner Heide ist die Heideblüte im Spätsommer.

PIN CAMP
ENDLICH: DRAUSSEN
ENDLICH: CAMPING
Buche die schönsten Campingplätze in Brandenburg auf pincamp.de/brandenburg
powered by ADAC

Maßstab 1:500.000
10km
Kyritz
Neuruppin
Ruppiner Schweiz
Zehdenick
Havelberg
Rathenow
Premnitz
Westhavelland
Havelland
Rhinluch
Fehrbellin
Kremmen
Oranienburg
Velten
Hennigsdorf
Hohen Neuendorf
Birkenwerder
Löwenberger Land
Gransee
Nauen
Falkensee
BERLIN
SPANDAU
WEDDING
SCHÖNEBERG
NEUKÖLLN
ZEHLENDORF
WANNSEE
Kleinmachnow
Teltow
Stahnsdorf
Schönefeld
Blankenfelde-Mahlow
Ludwigsfelde
Großbeeren
POTSDAM
Schlösser u. Gärten
Sanssouci
Filmpark Babelsberg
Werder (Havel)
Michendf.
Beelitz
Nuthe
Trebbin
Brandenburg a. d. Havel
Genthin
Wusterwitz
Kloster Lehnin
Ziesar
Hoher Fläming
Fläming
Bad Belzig
Wiesenburg/Mark
Brück
Treuenbrietzen
Luckenwalde
Niepitz
Jüterbog
Kloster Zinna
Niederer Fläming
Baruther Urstromtal
Zerbst/Anhalt
Coswig (Anhalt)
Lutherstadt Wittenberg
Zahna-Elster
Dessau-Roßlau
Aken
Bauhaus
DESSAU
Jerichow
Magdeburgerforth
Sperrgebiet
Museumsinselbahn
Erlebnisstraße der Deutschen Einheit
Deutsche Alleenstraße
Gedenkstätte Sachsenhausen
Naturpark
1
2
3
4
5
6

HAVELLÄNDISCHE EINDRÜCKE

Vom Industrierevier zur Wasserstadt: Brandenburg/Havel wird mehr denn je durch die Havel geprägt. Im umliegenden Havelland wird traditionell Obst geerntet – das Dorf Ribbeck profitiert vom Boom um Theodor Fontanes berühmtes Gedicht vom Birnbaum. Der Fläming lockt mit mittelalterlichen Städte, Burgen und Naturparks.

1 Rathenow

Das fast 800 Jahre alte Rathenow (24 200 Einw.) gilt als eine Wiege der optischen Industrie – die nach 1990 nicht mehr bestehen konnte. Ein kleiner, feiner Altstadtkern erstrahlt in frisch saniertem Glanz, dazu kommen mehrere Parks.

SEHENSWERT
Auf der von Havelarmen umschlossenen **Altstadtinsel** liegt der Kirchberg mit der **St.-Marien-Andreas-Kirche** (Urspr. 12. Jh.); saniert zeigt sie u.a. sieben moderne Fenster zum Thema Weltreligionen. Erhalten blieben hier auch das alte **Küsterhaus** (1576) und das Geburtshaus des Optik-Pioniers Johann Heinrich August Duncker (Kirchplatz 12), 1801 Gründer der optischen Industrie. Das **Optik-Industrie-Museum** dokumentiert die hiesige Industriegeschichte (Märkischer Platz 3, www.oimr.de; Di.–So. 11.00–17.00 Uhr). Über den Stadtkanal geht es zum **Alten Hafen** mit der Figurengruppe der „Schleusenspucker" (2006).

HOTEL UND RESTAURANT
Das familiengeführte **€ € € / € € Hotel Sonn'-Idyll** bietet eine große Saunalandschaft (Semliner Straße 19, 14712 Rathenow, Tel. 03385 619 98 20, www.sonnidyll.de).
Das **€ € € / € € Restaurant Zum Alten Hafen** in einem einstigen Wasch- und Badehaus serviert havelländische Gerichte (Am Alten Hafen 1, Tel. 03385 499 27 27, www.zum-alten-hafen.de).

UMGEBUNG
Rathenow ist der Start für Ausflüge in den **Naturpark Westhavelland** mit den vogelreichen Havelauen. Hier wurde auch der **Sternenpark Westhavelland** TOPZIEL eingerichtet (www.sternenpark-westhavelland.de).

INFORMATION
Tourismusverein Westhavelland, Freier Hof 5, 14712 Rathenow, Tel. 03385 51 49 91, www.rathenow.de und www.westhavelland.de

2 Nauen

Nauens (18 200 Einw.) historische Altstadt (Stadtrecht 1292) steht in der Besuchergunst im Schatten des Ortsteils Ribbeck.

Tipp

Auf Loriots Spuren

„Ein Leben ohne Mops ist möglich, aber sinnlos", sagte einst Loriot, der große Humorist, als Vicco von Bülow in Brandenburg geboren (1923–2011). Auf einer Bank vor dem Rathaus sitzt Loriots berühmte Erfindung Herr Müller-Lüdenscheidt. Beliebter sind jedoch die bronzenen Mopsfiguren, die überall in der Stadt zu finden sind.

Ribbecks Alte Schule ist heute ein Gartencafé (oben). Prachtvoller Flügelaltar von 1474 in Brandenburgs St. Katharinenkirche (unten)

SEHENSWERT
In der **Altstadt** blieben zahlreiche Gebäude mehrerer Jahrhunderte erhalten, darunter das neugotische **Rathaus** (um 1890), die **Stadtkirche St. Jakobi** (Urspr. 15. Jh.) sowie Ackerbürgerhäuser und Gründerzeitbauten.

UMGEBUNG
In **Ribbeck** TOPZIEL (10 km westl.) wurde der Deutsche Birnengarten angelegt; Schauspieler inszenieren bei Führungen die Dorfgeschichte. Im neubarocken Schloss Ribbeck gibt es ein Restaurant und ein Fontane-Museum (www.schlossribbeck.de; Di.–So. 11.00–17.00 Uhr).

INFORMATION
Stadtinformation, Rathausplatz 2, 14641 Nauen, Tel. 03321 40 82 85, www.nauen.de

3 Brandenburg/Havel

Mit ihrer über 1000-jährigen Geschichte gilt die drittgrößte Stadt des Bundeslands (72 200 Einw.) als Wiege der Mark Brandenburg – hier lag die slawische Brendanburg, hier entstand 948 das erste Bistum östlich der Elbe. Ende des 19. Jh. entwickelte sich die Stadt zu einem Industriezentrum, heute haben Tourismus und Gesundheitsbranche wachsende Bedeutung. Viele wertvolle Bauwerke blieben erhalten, dazwischen Industriedenkmäler. Brandenburg ist ein idealer Ausgangspunkt zum Segeln, Paddeln und für Hausboottouren.

SEHENSWERT
Keimzelle der Stadt war die **Dominsel** mit dem **Dom St. Peter und Paul** (Urspr. 1165); der monumentale Backsteinbau zeigt den Lehniner Flügelaltar (16. Jh.; April–Okt. Mo.–Sa. 10.00–17.00, So. 12.00–17.00 Uhr, sonst kürzer). Südwestlich der Dominsel liegt jenseits der Niederhavel die **Altstadt** samt **Altstädtischem Markt.** Mit Backsteinturm und wappengeschmücktem Staffelgiebel wirkt das **Altstädtische Rathaus** (15. Jh.) wie ein Kirchenbau. Gleich alt ist der über 5 m hohe **Roland.** Ältester Sakralbau des Viertels ist die **St. Gotthardkirche** (15. Jh.) mit Sandsteinkanzel aus dem 17. Jh. und Sauer-Orgel. Bei der Sanierung

der ehem. Klosterkirche **St. Johannis** (heute Veranstaltungsraum) am Havelufer wurden spätgotische Wandmalereien (um 1420) entdeckt. Die Jahrtausendbrücke verbindet Alt- und Neustadt. Mächtige Backsteingotik zeigt die **St. Katharinenkirche** (um 1400) mit ihrem 70 m hohen Turm – auch innen reich ausgestattet (Flügelaltar von 1474, Schöppenkapelle).

MUSEEN

Zu den Beständen im **Dommuseum** gehören liturgische Handschriften und ein Hungertuch von 1290 (Mai–Sept. Mo.–Sa. 10.00–17.00, So. 11.30–17.00 Uhr). 130 000 Jahre Kulturgeschichte repräsentiert das **Archäologische Landesmuseum Brandenburg** im Paulikloster aus dem 13. und 14. Jh. (Neustädtische Heidestraße 28, www.landesmuseum-brandenburg.de; Di.–So. 10.00–17.00 Uhr). Im Frey-Haus aus dem 18. Jh. geht es um **Stadtgeschichte** (Ritterstraße 96, www.stadtmuseum-branden burg.de; Di.–So. und Fei. 13.00–17.00 Uhr), um die industrielle Vergangenheit im **Industriemuseum Brandenburg** (August-Sonntag-Straße 5, www.industriemuseum-brandenburg.de; März bis Okt. Di.–So. und Fei. 10.00–17.00, sonst Di. bis So. und Fei. 10.00–16.00 Uhr).

ERLEBEN

Brandenburgs Theater umfasst alle Sparten (www.brandenburgertheater.de). **Ausflugsfahrten** veranstaltet u. a. Nordstern (www.nordstern-reederei.de). Im **Slawendorf Brandenburg** ist die Fahrt im Slawenschiff ein Highlight (Neuendorfer Straße 89, www.slawen dorf-brandenburg.de; April–Okt. Fr.–So. 10.00 bis 18.00 Uhr). Rund um Brandenburg verläuft der 7-Seen-Radweg über 35 km.

VERANSTALTUNGEN

Großes Havelfest (Mitte Juni), **Brandenburger Klostersommer** mit Event-Theater und Musical (www.event-theater.de; Juni–Aug.).

Tipp: Fläming Skate

Ebenes Gelände, feinster Asphalt, weite Landschaften: Fläming Skate ist eines der größten Reviere für Inliner in ganz Europa. Auf rund 230 km führen Rundkurse und Einzelstrecken abseits von Straßen durch Wälder, Wiesen und Felder.

INFORMATIONEN

Informationen auf www.flaeming-skate.de

Spargel ist das bestimmende Frühjahrs-Thema in Beelitz (oben). Die Alte (vorn) und Neue Abtei des Klosters Zinna (unten)

HOTEL UND RESTAURANT

In der Altstadt liegt das **€ Hotel Brandenburg** mit Gartenterrasse und Restaurant (Altstädtischer Markt 1, 14770 Brandenburg, Tel. 03381 5970, www.sorat-hotels.com).
Apartments mit Flussblick, Flöße und Kanus bietet die **€ € / € Pension Havelfloß** (Altstädtische Fischerstraße 2, 14770 Brandenburg, Tel. 03381 26 90 22, www.pension-havelfloss.de).
Ambitionierte regionale Küche serviert das **€ € € € Inspektorenhaus** (Altstädtischer Markt 9, Tel. 03381 328 21 39, www.inspektoren haus.de; So. und Mo. geschl.).

INFORMATIONEN

Touristinformation, Neustädtischer Markt 3, 14776 Brandenburg an der Havel, Tel. 03381 79 63 60, www.erlebnis-brandenburg.de

4 Werder/Havel

Blütenstadt, Wasserstadt, Erholungsort: Zur Baumblüte streifen Besucher in Scharen durch die Gassen der bereits im Mittelalter bewohnten Altstadtinsel Werders (26 400 Einw.).

SEHENSWERT

Eine Bockwindmühle erhebt sich auf der **Altstadtinsel** TOPZIEL neben der neugotischen **Heilig-Geist-Kirche** von 1858, umgeben von den Häusern der Fischer und Obstbauern, von Ateliers und Galerien. Das **Obstbaumuseum** im ehem. Stadtgefängnis dokumentiert 700 Jahre Stadt- und Obstgeschichte (Kirchstraße 6; Mitte April–Mitte Okt. Mo.–Fr. 11.00–17.00, Sa./So. 13.00–17.00 Uhr, sonst kürzer).

VERANSTALTUNG

Ende April/Anfang Mai kann man anlässlich des **Baumblütenfests** rund 20 Obsthöfe besuchen (Shuttle ab Bahnhof Werder).

UMGEBUNG

Frühklassizistisch zeigt sich 16 km nördl. **Schloss Paretz,** um 1800 Sommersitz von Königin Luise von Preußen (www.spsg.de; April bis Okt. Di.–So. 10.00–17.30, sonst nur Sa. und So. 10.00–17.30 Uhr). Fürstliche Wohnkultur um 1700 bietet das barocke **Schloss Caputh** (10 km südl., Straße der Einheit 2, www.spsg.de; Mai bis Okt. Di.–So. 10.00–17.30, sonst nur Sa. und So. 10.00–17.30 Uhr). Zur Gemeinde **Kloster Lehnin** gehören neben dem 1180 gegründeten Kloster mehrere Museen und ein Skulpturenpark (18 km südw.; www.klosterlehnin.de).

INFORMATION

Tourismusbüro Werder/Havel, Plantagenplatz 9, 14542 Werder/Havel, Tel. 03327 78 33 72, www.werder-havel.de

5 Beelitz

Brandenburgs Spargelhauptstadt (12 600 Einw.) ist vom Naturpark Nuthe-Nieplitz umgeben.

SEHENSWERT

Die **Alte Posthalterei** von 1789 bildete eine wichtige Station auf der Strecke zwischen Sachsen und Berlin; eine Ausstellung erinnert daran (Poststraße 16; Di.–Do. 10.00–16.00 Uhr). Der Verein Beelitzer Spargel betreibt das **Spargelmuseum** (Mauerstraße 12; April–Okt. Di. und Do. 11.00–16.00 Uhr). Ein Baumkronenpfad schlängelt sich über die **Beelitzer Heilstätten** (Straße nach Fichtenwalde 13, www.bau mundzeit.de; April–Sept. tgl. 10.00–19.00 Uhr, sonst kürzer).

ERLEBEN

Thermalsole speist die **Steintherme Bad Belzig** (Am Kurpark 15, www.steintherme.de; So.–Do. 10.00–22.00, Fr. und Sa. 10.00–23.00 Uhr).

UMGEBUNG

Rund um Beelitz erstreckt sich der **Naturpark Nuthe-Nieplitz** mit Seen und einer Heidelandschaft (www.naturpark-nuthe-nieplitz.de).

Tipp: Untere Havelniederung

Anschließen von Altarmen, Reaktivierung von Flutrinnen, Beseitigen von Uferbefestigungen: Die Untere Havel soll nach der größten Flussrenaturierung Deutschlands wieder aussehen wir vor Jahrhunderten. Schon heute kann man beim Paddeln in dieses einzigartige Feuchtgebiet eintauchen und seltene Tiere beobachten. Reizvoll ist der Abschnitt zwischen Parey, Strodehne und Havelberg.

INFORMATIONEN

Informationen und Karten unter www.havelland-tourismus.de/havel

Nach der „Wende" entwickelte sich das 1000-jährige **Bad Belzig** (11 100 Einw.; 35 km südw.) zum Kurort (www.bad-belzig.de). Über der Stadt thront Burg Eisenhardt (Urspr. 12. Jh.) mit der Briccius-Kapelle und dem Heimatmuseum (Wittenberger Straße 14, www.burgeisenhardt.de; Mi.–So. 10.00–17.00 Uhr). In der Altstadt stehen Bürgerhäuser aus dem 17. und 18. Jh.
Burgen und Schlösser machen den **Hohen Fläming** reizvoll – beispielsweise **Burg Ziesar** (30 km nordw. Bad Belzig ; Urspr. 10. Jh.) mit prächtiger Kapelle, das Neorenaissance-**Schloss Wiesenburg** mit Rhododendron-Park (12 km westl. Bad Belzig) und **Burg Rabenstein** (Urspr. 13. Jh.) in Raben mit Rittersaal, Torhaus und Turm (12 km südl. Bad Belzig; www.burgrabenstein.de).

INFORMATION
Tourismus-Information, Poststraße 15, 14547 Beelitz, Tel. 033204 3 91 55, www.beelitz.de

6 Jüterbog

Auf eine mehr als 1000-jährige Geschichte blickt auch Jüterbog (12 400 Einw.) zurück – so wirkte der Ablasshändler Johann Tetzel u. a. hier, was Martin Luther in seinen Reformationsgedanken bestärkte. 250 Jahre später begann Friedrich II. mit dem Einmarsch in die damals kursächsische Stadt hier den Siebenjährigen Krieg.

SEHENSWERT
Weithin sichtbar ist die **Nikolaikirche** (Urspr. um 1300) mit zwei unterschiedlich gestalteten Türmen. Der Marktplatz wird vom **Rathaus** mit markantem Staffelgiebel (15. Jh.) dominiert. Vorbei am **Dammtor,** Teil der Stadtbefestigung aus dem 14. und 15. Jh., geht es zum ehem. Zisterzienserinnenkloster mit der **Liebfrauenkirche** (Urspr. 12. Jh.). Das **Mönchenkloster** mit seiner dreischiffigen Backsteinkirche (bis 1510) wurde Kulturquartier; sein Museum thematisiert den Ablasshandel (Di. 10.00 bis 17.00, Mi.–So. 13.00–17.00 Uhr).

UMGEBUNG
1170 wurde das Zisterzienser-**Kloster Zinna** gegründet (4 km nördl.). Die Zeiten überstanden die schlichte Klosterkirche (13. Jh.) aus Granitsteinen, das Siechenhaus, die Alte und die Neue Abtei (14. und 15. Jh.; www.kloster-zinna.com). Der Marktturm von **Luckenwalde** (14 km nördl.; 20 600 Einw.; www.luckenwalde.de) dient als Glockenturm der spätgotischen Johanniskirche (15. Jh.; Wandmalereien). Im Kontrast zur Altstadt steht die expressionistische Architektur – u. a. der ehem. Hutfabrik (1922). Das Museumsdorf **Glashütte** bietet Einblicke ins Thema Glas (40 km östl.; Hüttenweg, Baruth, www.museumsdorf-glashuette.de; tgl. 11.00–17.00 Uhr).

INFORMATION
Stadtinformation Jüterbog, Mönchenkirchplatz 4, 14913 Jüterbog, Tel. 03372 46 31 13, www.jueterbog.eu

MIT DEM ESEL IM FLÄMING

Kaspar steht. Schon wieder! Seine Ohren sind lauschend aufgerichtet, die Augen suchen den Horizont ab. Inzwischen können die Wanderer die Körpersprache deuten – das Tier ist nicht stehen geblieben, um sie zu ärgern, und erst recht nicht aus Starrsinn. „Esel sind nicht störrisch, sondern neugierig und schlau", hatte Jan Prowaznik gleich zu Beginn erklärt.

Tatsächlich: In der Ferne ist ein einsamer Radler zu sehen. Beruhigt klappt Kaspar die Ohren wieder weg. Resolut führt Prowaznik ihn weiter. Jeder Esel trägt einen Korb mit Wandergepäck. Die Kommandos sind überschaubar: „Scheritt" heißt gehen, „Steh" heißt anhalten. Nur füttern solle man ihn nicht: „Ein bettelnder, gieriger Esel ist absolut nervig."

In gemütlichem Tempo geht es durch die Landschaft des Fläming: weite Rapsfelder, blühende Obstbäume und hin und wieder ein Kirchturm am Horizont. Kein Windrad stört das intakte Bild des Baruther Urstromtals. Unterwegs erzählt der Guide von den unterschiedlichen Gästen, die ihn schon begleitet haben: Schüler, die sich von den Eseln nicht mehr trennen wollen; Pilger, die nur

Beim Eselwandern bewegt man sich ganz entspannt durch Wald und Flur, denn die Grautiere haben es eigentlich nie eilig.

die Stille genießen wollen; Manager, die mit ihrer Autorität bei den Tieren nicht viel ausrichten konnten. „Über die Esel kommt man ganz toll mit Menschen in Kontakt", sagt Prowaznik. Eine Neuinterpretation des Wortes „Eselsbrücke".

Weitere Informationen

Der „Eselnomade" **Jan Prowaznik** organisiert Eselwanderungen von einer Stunde bis zu mehreren Tagen. Themen sind u. a. der Mauerradweg, Biohöfe oder der Kunstwanderweg, besonders nachhaltig ist eine Tour von Bahnhof zu Bahnhof (Tel. 0157 30 30 85 60, www.eselnomaden.de).

Weitere Anbieter in Brandenburg:
www.packeseltouren-brandenburg.de
www.celine-aktiv-reisen.de

Brandenburgs Osten

*

MÄRKISCHES MEER UND MEHR

*

Zwischen Oder und Spree erstreckt sich ein Wasserreich mit mehr als 300 Seen, darunter auch das beliebte „Märkische Meer“. Die Doppelstadt Frankfurt-Słubice gilt als Modell deutsch-polnischer Kooperation.

Alljährlich öffnet sich der Park von Schloss Neuhardenberg zur Neuhardenberg-Nacht mit musikalischen und theatralischen Leckerbissen – und einem fulminanten Feuerwerk.

Der Nationalpark Unteres Odertal ist Grenzgebiet zu Polen. Doch hat der Unterlauf des Flusses trotz manch auffälliger hoheitlicher Markierungen mehr Verbindendes als Trennendes – schließlich geht die amphibische Polderlandschaft auf polnischer Seite nahtlos in einen weiteren Landschaftsschutzpark über.

Am Scharmützelsee liegt Wendisch-Rietz mit Ferienhäusern, der traditionellen Fischerei des „Fischlands Scharmützelsee" (Mitte links) und einem breiten Wassersportangebot, zu dem auch dieses skurrile schwimmende Fachwerkhaus gehört (Mitte rechts)

Um die Verwirrung fast komplett zu machen: Buckows Haussee nennt sich Schermützelsee – nur ein Vokal unterscheidet ihn vom weiter südlich gelegenen und viel größeren Scharmützelsee.

Die Villa Putti in der Bad Saarower Ulmenstraße wurde lange Zeit als „Maxim-Gorki-Haus" bezeichnet. Der russische Schriftsteller hat aber nie darin gewohnt.

Der Mond steht schon am Himmel, während noch die letzten Sonnenstrahlen auf den Groß Schauener See fallen. Zwischen den Seerosenteppichen schimmert das Wasser wie flüssiges Gold, darin dümpeln bunte Ruderboote. Im Schatten zweier mächtiger Buchen genießt eine Gruppe Radler den Sonnenuntergang. Ein Reiher wartet auf einem halb versunkenen Kahn auf Beute – nur der Fischotter will sich nicht zeigen.

Die Region zwischen Spree und Oder ist bekannt für ihre mehr als 300 Seen und ihren Fischreichtum. „Wenn es sehr gut läuft, holen wir am Tag 200 Kilo raus", sagt Patrick Roth. „An anderen Tagen sind aber auch mal nur zwei Fische im gesamten Netz. Man kann sich eben nie sicher sein." Der junge Fischer bewarb sich nach einem Schülerpraktikum für seine Ausbildung am Groß Schauener See. Eine Seltenheit: Nur noch eine Handvoll Jugendlicher ergreift jedes Jahr diesen Beruf – in ganz Brandenburg.

Die Seenkette im Naturpark Dahme-Heideseen steht unter Naturschutz, deshalb darf hier nur nachhaltig gefischt werden. „In manche Ecken können wir nicht einmal mit dem Ruderboot", sagt Roth. Darüber hätten die russischen Soldaten herzlich gelacht, die hier einst ganz unorthodox fischten: „Die Alten erzählen, dass die Besatzer die Fische mit der Pistole schossen", sagt der Fischer.

Am Märkischen Meer

Die Sowjetarmee besetzte nach dem Krieg auch Bad Saarow am Scharmützelsee. Theodor Fontane dagegen fand den zweitgrößten See Brandenburgs 1881 noch unberührt vor: „Überall, wohin du kommst, wirst du eintreten wie in jungfräuliches Land", schrieb er in sein Notizbuch und erklärte ihn unbescheiden zum „Märkischen Meer". Ein Label, das die Touristiker bereitwillig aufgriffen.

Doch schon zu Beginn des 20. Jahrhunderts entdeckten reiche Berliner Bürger den kiefernumstandenen See. Der Gartenarchitekt Ludwig Lesser plante 1905 viele Sommervillen, die er in die Natur integrierte. In Bad Saarow ver-

Die Reste des im 13. Jahrhundert gegründeten Klosters Chorin gehören zu den eindrucksvollen Bauwerken der Backsteingotik in Brandenburg. Seit 1964 ist der Hof des Klosters Veranstaltungsort des Open-Air-Choriner-Musiksommers (Mitte links und rechts).

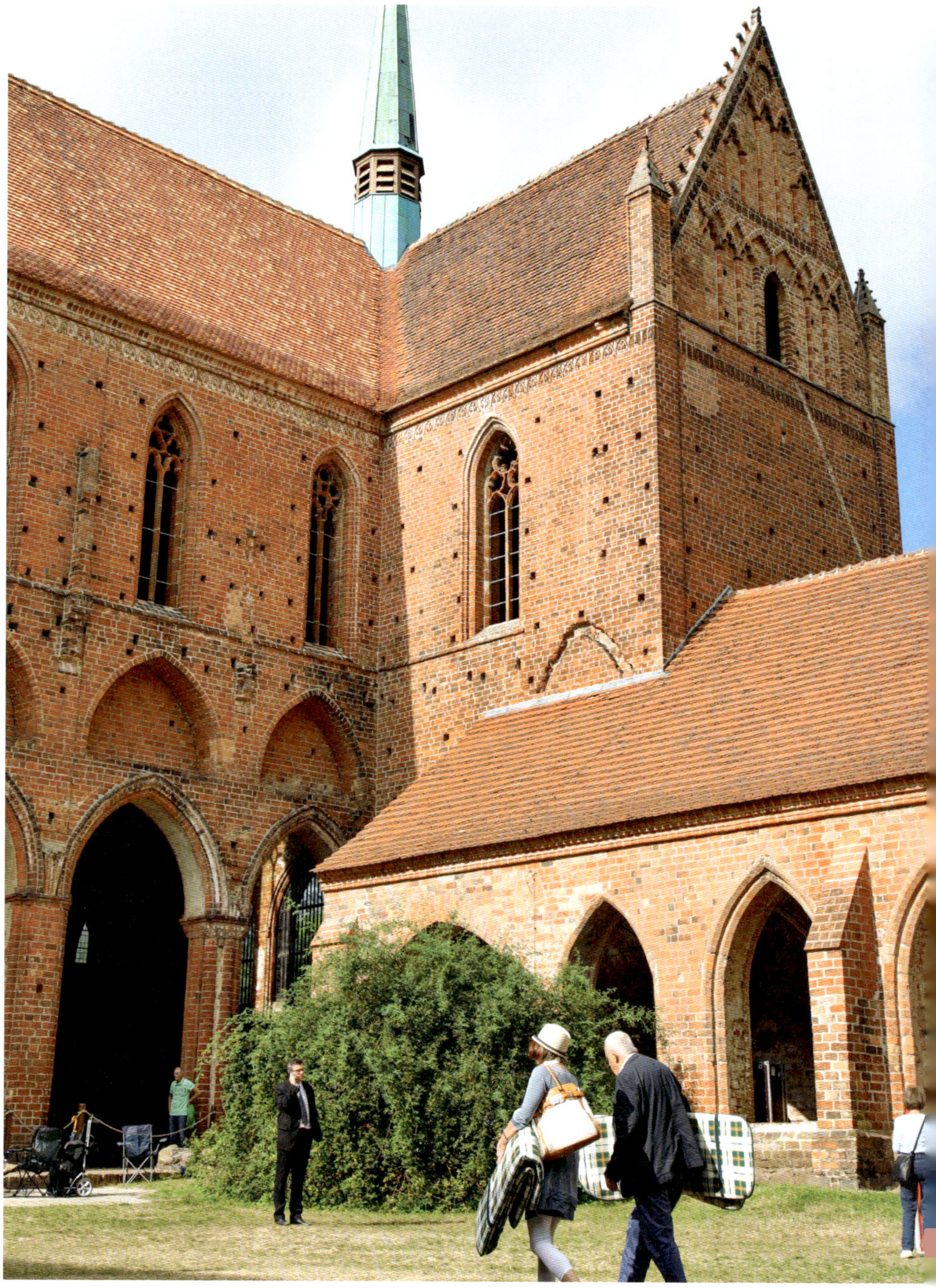

Zu den Künstlern des Oderbruchs gehört der Maler Bernd Finkenwirth aus Altbleyen, der in seiner Kunst auch an mittelalterliche Ausdrucksformen anknüpft.

Bei Unternehmungen im Schlaubetal wird gern in die rund 250 Jahre alte Bremsdorfer Mühle eingekehrt.

Der Naturpark Schlaubetal reizt mit vielgestaltigen Landschaftsformen.

kehrten Filmstars wie Käthe Dorsch und Ernst Lubitsch, Maxim Gorki kam zur Erholung, Max Schmeling heiratete in der Kirche – und die UFA drehte hier für den „Untergang der Titanic".

Nach dem Dornröschenschlaf während der langen Sowjetbesatzung – die Militärs verließen Bad Saarow erst 1994 – ging dann alles ganz schnell: Sanierung des historischen Moorbadehauses, Eröffnung einer neuen Solequelle, Bau einer Marina und der neuen Saarow-Therme. Noch lassen sich Ecken mit verwitterndem DDR-Charme und verschwiegene Badestellen entdecken. Doch die Kräne drehen sich weiter!

BESUCH BEI BERTOLT UND HELENE

Während sich der Scharmützelsee idyllisch ins Heideland bettet, taucht man auf der Fahrt an den – Achtung, Verwechslungsgefahr! – Schermützelsee in eine voralpin anmutende Landschaft ein: Die Eiszeit hinterließ Berge und Schluchten, Seen, Bäche und Moore in der Märkischen Schweiz. Auf den Wegweisern stehen mystische Namen wie Wolfsschlucht und Drachenkehle, Teufelsstein und Himmelsleiter.

„Majestät, in Buckow geht die Lunge auf Samt." Mit diesen Worten soll 1854 der Leibarzt von König Friedrich Wilhelm IV. seinem Herrn einen Aufenthalt am Schermützelsee ans Herz gelegt haben. Und so pilgerten die Berliner schon wenige Jahre später mit der neuen Kleinbahn ins Städtchen Buckow, das sich heute mit einer bunten Mischung aus Gründerzeitvillen, Fachwerkhäusern und Gärten an die Hügel schmiegt.

Auch Bertolt Brecht und Helene Weigel zogen 1952 nach Buckow in ein Atelierhaus direkt am See. Das Künstlerpaar war 1949 aus dem Schweizer Exil nach Ost-Berlin übergesiedelt, wo es am Deutschen Theater mit „Mutter Courage und ihre Kinder" erstmals nach dem Krieg wieder inszenieren konnte. Die wichtigsten Requisiten dieses Welterfolgs sind heute in Buckow zu sehen.

Im Garten des Brecht-Hauses stehen Kupfertafeln mit den „Buckower Elegien", Brechts letztem Gedichtzyklus, in dem er die Niederschlagung des Volksaufstands vom 17. Juni 1953 kritisch verarbeitete. Berühmt wurde daraus der Schlüsselsatz: „Wäre es da nicht doch einfacher, die Regierung löste das Volk auf und wählte ein anderes?"

KOLONISTEN GESUCHT

Westlich der Märkischen Schweiz erstreckt sich das Oderbruch, ein rund 60 Kilometer langer, flacher Landstrich entlang des Flusses. Bis ins 18. Jahrhundert überschwemmte die Oder regelmäßig die umliegenden Feuchtgebiete. Schon der Soldatenkönig gab den Auftrag, den wilden Strom zu bändigen, ein Kraftakt, den aber erst sein Sohn Friedrich II. vollzog: Die Oder wurde eingedeicht, das Oderbruch bis 1753 trockengelegt.

Mit zahlreichen Anreizen lockte Friedrich II. Siedler hierher, um den frisch gewonnenen Ackerboden zu bewirtschaften, Kolonistendörfer entstanden. Das älteste Ortsensemble Neulietzegöricke blieb bis heute erhalten: Rechts und links des einstigen Wasserabzugsgrabens liegen erhöht sanierte Fachwerkhäuser und Backsteinscheunen, und es blüht in den üppigen Bauerngärten.

Der ehrenamtliche Bürgermeister führt Besucher persönlich durch den Ort – nach einer Begrüßung auf „Oder-Platt". „Das Thema Kolonisierung ist immer noch aktuell", sagt Horst Wilke, der auf der Website von Neulietzegöricke nach neuen Dorfbewohnern sucht. „Wer hier ein altes Haus übernimmt, bekommt nie mehr Langeweile – das verspreche ich", sagt er lachend und deutet auf sanierungsbedürftiges Mauerwerk.

GETEILTE STADT

Während früher neue Deiche die Oder zähmten, ist es heute der Klimawandel: Frachtschiffe kann man von der neuen Brücke in Frankfurt nur noch selten

Einst ein Dankeschön Friedrichs des Großen an seinen Lebensretter in einer Schlacht des Siebenjährigen Kriegs, ist Neuhardenberg heute eine Stiftung mit großen kulturellen Ambitionen. Mit diesem Ziel wurden das klassizistische Erscheinungsbild des Schlosses und seines Landschaftsgartens wiederhergestellt. Zum Ensemble gehört auch eine von Schinkel entworfene Kirche.

Neuzelles Klosterbrauerei: Braumeister Peik Schauermann mit seinem Schwarzen Abt, der wegen seines im Reinheitsgebot nicht vorgesehenen Zuckerzusatzes zum Brandenburger Bierkrieg geführt hatte. Allen Widerständen zum Trotz dürfen die Neuzeller nach letztinstanzlichem Urteil von 2005 ihr Bräu weiterhin als Bier vermarkten.

Seit der Wiedereröffnung Neuhardenbergs im Jahr 2002 gehört die sommerliche Neuhardenberg-Nacht zum umfangreichen kulturellen Programm des Schlosses, dessen architektonisches Erscheinungsbild im Zusammenwirken mit seiner Innenausstattung als vollkommene Schönheit gepriesen wird.

Als katholische Enklave in protestantischen Umland wurden in Neuzelles Klosterkirche alle gestalterischen Register des Barock gezogen.

Klangraum Kloster Neuzelle: die Zisterzienser-Mönche beim Einsingen für eine Adventsandacht

Special

Kloster Neuzelle

Weiße Mönche, schwarzer Abt

Prunkvoller Stuck, kostbare Wandmalereien, filigrane Schnitzarbeiten: In der Stiftskirche des 1268 gegründeten Klosters Neuzelle wurde der Barock im 17. und 18. Jahrhundert auf die Spitze getrieben. Wer die meist kargen protestantischen Backsteinkirchen der Mark vor Augen hat, steht geblendet in den Hallen von St. Marien, dem „Barockwunder" nahe Eisenhüttenstadt.

1817 wurde das Zisterzienserkloster säkularisiert. Doch nun, gut 200 Jahre später, sind wieder erste Mönche eingezogen – das zum 750-jährigen Jubiläum der Abtei neu gegründete Priorat ist eine Außenstelle des Klosters Heiligenkreuz bei Wien. Der Tag in Neuzelle beginnt nun wieder regelmäßig um fünf Uhr mit den Vigilien, dem Morgengesang der Fratres in ihrem weißen Habit. Die Gemeinde freut es, bildete sie doch immer eine katholische Insel im protestantischen Brandenburg.

Gleich neben dem Kloster hat der Schwarze Abt seine Heimat. Das malzbetonte Schwarzbier ist die Hausmarke der Klosterbrauerei – der ältesten (seit 1589) funktionstüchtigen Brauerei in Berlin und Brandenburg. Die exotischen Sorten wie Spargel- oder Ingwerbier werden bis nach Kanada und Russland exportiert. Und auch mit der katholischen Kirche stellten sich die Brauer gut: Der Schwarze Abt reiste schon zur päpstlichen Segnung auf den Petersplatz nach Rom.

beobachten. Im Sommer 2018 wurde sogar ein historischer Tiefststand gemeldet: „Im Grunde können Sie hier durchwaten", meint einer der Angler, die am Ufer ihre Leinen auswerfen.

Durch die Oder laufen: Das war auch aus politischen Gründen lange Zeit undenkbar. Bei der Potsdamer Konferenz hatten die Siegermächte 1945 den Grenzverlauf festgelegt, Frankfurt und seine Dammvorstadt – das heutige Słubice – wurden dabei getrennt. Beide Städte mussten sich damals neu erfinden.

Zu Zeiten des Kalten Kriegs nannte man die Oder offiziell zwar eine „Friedensgrenze", dennoch war sie für DDR-Bürger und Polen zunächst geschlossen. Erst 1972 erlebte Frankfurt seine erste Grenzöffnung, die Ostdeutschen strömten ins Nachbarland. Doch als in Polen die Gewerkschaftsbewegung erstarkte, führte die DDR aus Sorge vor der „Ansteckungsgefahr" wieder die Visumspflicht ein – sie galt bis kurz nach der „Wende".

Seither hat sich das Antlitz des Flusses jedoch tiefgreifend geändert: Wo sich einst triste Hafenanlagen erstreckten, lässt sich wieder promenieren. Wo sich die Städte vom Fluss abwandten, öffnen sie sich heute wieder. Nicht nur in Frankfurt, sondern auch in Słubice, Gartz und Stettin.

VERBINDEN STATT TRENNEN

1997 kämpften Polen und Deutsche Seite an Seite gegen das Oder-Hochwasser – von da an nahm das Zusammenwachsen an Fahrt auf: Zuerst ging die erste grenzüberschreitende Buslinie in Betrieb, dann eröffnete die gemeinsame Touristinformation. Seit einigen Jahren teilen sich Słubice und Frankfurt auch das Fernwärmenetz: Im Winter kommt die Energie aus dem Westen, im Sommer aus dem Osten.

Viele deutsche Studenten wohnen inzwischen lieber in Polen, weil die Mieten dort günstiger sind. Rentner treffen sich wechselseitig in der Deutsch-Polnischen Seniorenakademie, Sportliche nehmen am grenzüberschreitenden Marathon teil, Kulturinteressierte besuchen das Deutsch-Polnische Theaterfestival und Feierfreudige verabreden sich zum gemeinsamen Stadtfest oder Europatag.

Auch unkonventionelle Ideen fanden Gehör: Einmal tauschten die Bürgermeister, Uni-Präsidenten und viele Verwaltungsmitarbeiter für einen Tag ihre Arbeitsplätze. Eine Künstlerinitiative gründete sogar eine neue Stadt: „Słubfurt" mit seinen beiden Stadtteilen Słub und Furt hat eigene Personalausweise und sieht sich als „attraktives Zentrum für Solarwirtschaft, Schattenwirtschaft und Gartenskulpturen."

DIE UNIVERSITÄT BRINGT EINEN HAUCH VON INTERNATIONALEM FLAIR.

Noch gibt es zwar Bürger, die stolz darauf sind, dass sie noch nie den Fluss überquert haben, und die sich über Konkurrenz auf dem Arbeitsmarkt ärgern. Doch gleichzeitig wächst eine neue Generation heran: Kinder, die in deutsch-polnischen Kindergärten zweisprachig aufwachsen – und Studenten beider Länder, die gemeinsam den Vorlesungen an der Vorzeigeuniversität Viadrina lauschen. Was lange getrennt war, findet zusammen.

Wandbild im Stil des Sozialistischen Realismus in der Lindenallee in Eisenhüttenstadt (oben). Frankfurts Rathaus (Mitte) und Museumspark Rüdersdorf bei Berlin, der an die Jahrhunderte des Kalkabbaus und an dessen Verarbeitung erinnert (unten)

Frankfurts Stadtzentrum mit der St. Marienkirche und dem Rathaus. Jenseits der Oder ist die Schwesterstadt Słubice zu sehen

Mit einer schon Jahrhunderte währenden deutsch-polnischen Vergangenheit: Lebus mit seinem gerühmten Blick über das Oderbruch

Baden und Saunen

WASSER & WOHLFÜHLEN

Jeder Brandenburger hat seinen persönlichen Lieblingssee oder Geheimtipp, sei es die verschwiegene Zwei-Personen-Bucht an einem abgelegenen Waldsee oder das trubelige Strandbad mit allem Komfort. Spielt das Wetter nicht mit, kann man sich in eine der Thermen oder Badewelten zurückziehen.

1 Naturbad am Stechlin

Er ist mit knapp 70 Metern nicht nur der tiefste See Brandenburgs, sondern auch einer der saubersten: der Große Stechlinsee. Von Wald und Schilf umgeben, gibt es nur ein Strandbad mit angeschlossenem Bootsverleih – Motorboote sind allerdings verboten. Hohe Bäume säumen die Liegewiese, die bis zum Sandstrand reicht. Wer größeren Hunger hat, spaziert zur „Fischergaststätte".

Badestelle am Großen Stechlinsee; Parkplatz fußläufig in Neuglobsow

2 Fontane-Therme Neuruppin

Licht flutet von allen Seiten: Wandfüllende Glasfronten lassen Pools und See ineinander übergehen. Die Fontane-Therme verschmilzt förmlich mit dem Ruppiner See. Wohlig von Heilsole umspült, kann man den Blick in einem der Außenpools genießen – oder nach einem Gang in die Sauna direkt ins kühle Nass springen.

Resort Mark Brandenburg, An der Seepromenade 20, 16816 Neuruppin, Tel. 03391 40 35 0, www.resort-mark-brandenburg.de; tgl. 10.00–22.00 Uhr

3 Strandbad am Beetzsee

Die Skyline von Brandenburg mit ihren Kirchtürmen steht am Horizont, wenn man am Beetzsee ins Wasser springt – das 22 km lange Gewässer gehört komplett zum Stadtgebiet. Beliebt ist das Strandbad an der Massowburg mit seinem breiten Sandstrand und einer großen Liegewiese mit schattigen Abschnitten. Häufig kann man Kanuten beim Training beobachten – gleich nebenan liegt eine traditionsreiche Naturregattastrecke.

Strandbad an der Massowburg, Massowburg/An der Regattastrecke; tgl. 6.00–22.00 Uhr. Weitere Badestellen befinden sich am Grillendamm, am Wendseeufer und in Bollmannsruh.

4 Tropical Islands

Europas größte tropische Urlaubswelt, der größte Indoor-Regenwald der Welt, Deutschlands höchster Wasserrutschenturm: Das Ferienresort Tropical Islands am nördlichen Rand des Spreewalds wirbt mit vielen Superlativen. Einst sollten hier in einer der weltweit größten freitragenden Hallen Luftschiffe gebaut werden. Nach der Insolvenz zog tropisches Flair ein: Auf 66 000 m² Grundfläche wurde mit rund 50 000 Pflanzen ein üppiges Paradies geschaffen – bei konstant hochsommerlichen Temperaturen. Die Badegäste haben die Wahl zwischen der „Südsee" mit einem Sandstrand und der „Lagune" mit Grotte, Wasserfall, Strömungskanal und Rutschen. Die Wassertemperatur: 32 Grad! Falls es doch einmal langweilig werden sollte, kann man Minigolf spielen oder mit einem Ballon unters Hallendach aufsteigen. Während der Nachwuchs im Kinderclub bespaßt wird, können die Großen sich in der Saunalandschaft entspannen. Wer länger bleiben möchte, kann sogar in der tropischen Welt übernachten: In der Halle gibt es Zelte, Zimmer, Lodges, draußen Campingplatz, Wohnmobilpark und Ferienhäuser.

Tropical Islands, Tropical-Islands-Allee 1, 15910 Krausnick, Tel. 035477 60 50 50, www.tropical-islands.de; Tagesgäste tägl. 8.00–23.30Uhr

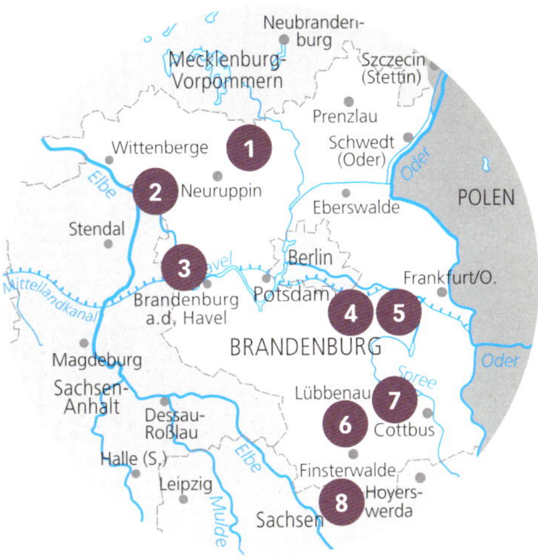

5 Satama Sauna Resort & Spa

Die Maa-Sauna ist mit 120 Grad die heißeste. Im Satama-Theater werden die Gäste mit Geschichten unterhalten. Und in der Stollnsauna sorgen leuchtende Salzsteine für Bergwerksatmosphäre. Von trocken bis feucht, von 40 bis 120 Grad Temperatur: Der Satama-Saunapark bietet acht originelle Themensaunen. Ruhezonen sorgen für Entspannung, der Scharmützelsee ermöglicht eine natürliche Erfrischung zwischendurch.

Satama Sauna Resort & Spa, Strandstraße 12, 15864 Wendisch Rietz, Tel. 033679 758 99 00, www.satama-saunapark.de; tgl. 9.00–23.00 Uhr

6 Spreewelten Bad

Schwarzer Rücken, weißer Bauch und kleine Patschefüße: Wenn die Humboldtpinguine zur Fütterung an Land kommen, schlagen Kinderherzen höher. Getrennt durch eine dicke Plexiglasscheibe, kann man mit den Vögeln um die Wette schwimmen, dank Taucherbrille wirken sie zum Greifen nahe. Außerdem gibt es ein Wellenbecken und eine große Liegewiese am Fließ sowie eine üppige Saunalandschaft.

Spreewelten Bad, Alte Huttung 13, 03222 Lübbenau, Tel. 03542 89 41 60; www.spreewelten.de; So.–Do. 10.00–22.00, Fr. und Sa. 10.00–23.00, Fütterung 11.30 und 15.30 Uhr

7 Die Bleiche Resort

Die Bleiche im Herzen des Spreewalds lässt sich viel Ungewöhnliches einfallen. Der 5000 m² große Spa-Bereich umfasst drei Pools, mehrere Saunen, Hamam, Banja, Kräuterkammer und eine Bibliothek. Accessoires wie Buddhafiguren, Kronleuchter, flauschige Polstermöbel und viel Kunst prägen das Wohlfühlambiente. Im Angebot sind spezielle Bademenüs, Sportkurse und Anwendungen mit Naturkosmetik. 2018 gewann die Bleiche den Spa Star Award in der Kategorie „Green Spa" für ihren sensiblen Umgang mit Ressourcen.

Bleiche Resort & Spa, Bleichestraße 16, 03096 Burg/Spreewald, Tel. 035603 620, www.bleiche.de, *nur für Hotelgäste*

8 Senftenberger See

1966 verließ der letzte Kohlezug den Tagebau Niemtsch, kurz darauf begann die Flutung, 1973 wurde der erste Strandabschnitt eingeweiht – der Senftenberger See ist die „Mutter aller Seen" des Lausitzer Seenlands. Heute finden Badegäste und Wassersportler hier die besten Bedingungen der Region für alle Arten von Wassersport vor. Strandabschnitte mit einer Gesamtlänge von 7 km liegen über die Uferzonen verteilt. So hat man in der Stadt Senftenberg die Wahl zwischen zwei Stränden mit guter Infrastruktur. Familien mit Kindern fühlen sich in Großkoschen mit seinem flachen, 600 m langen Sandstrand wohl, es gibt einen Spielplatz, Gastronomie und Personal der Wasserwacht. In Großkoschen legen Fahrgastschiffe ab, und auch für FKK-Anhänger ist ein Strandabschnitt reserviert. Surfer treffen sich gerne am Strand von Buchwalde mit einem Wohnmobilstellplatz. Den Strand in Niemtsch prägen weitläufige Wiesenflächen, ein Bootsanleger und eine Wassersportschule. Naturnahe Buchten machen den Reiz des Seestrands Südsee aus. Hier gibt es auch eine Tauchbasis.

Senftenberger See, www.senftenberger-see.de

Maßstab 1:500.000
0
10km
Angermünde
Zehdenick
Biosphärenreservat Schorfheide-Chorin
Schorfheide
Eberswalde
Bad Freienwalde
Wandlitz
Bernau b. B.
BERLIN
ADAC
Strausberg
Neuenhagen b. B.
Rüdersdorf b. B.
Erkner
Schönefeld
Fürstenwalde
Königs Wusterhausen
Zossen
Bad Saarow
Beeskow
Frankfurt (Oder)
Słubice
Eisenhüttenstadt
Kostrzyn nad Odrą (Küstrin)
Chojna
Dębno
Lübben (Spreewald) Lubin
Lübbenau Lubnjow
Guben Gubin
Luckau
Naturpark Märkische Schweiz
Naturpark Dahme-Heideseen
Naturpark Schlaubetal
Biosphärenreservat Spreewald
Oderbruch
Land Lebus
Berliner Urstromtal
Spreewald
Schwielochsee
Scharmützelsee
Mittenwalde
Baruth/Mark
Wriezen
Seelow
Müncheberg
Hoppegarten
Pankow
Köpenick
Neukölln
Treptow
1
2
3
4
5
6

SEENLAND AN DER ODER

Flüsse und Seen prägen die Landschaft zwischen Berlin und Frankfurt an der Oder. Eine Region der Kontraste: So zeigt Eisenhüttenstadt sozialistische Architektur, benachbart liegt die barocke Pracht des Klosters Neuzelle. Aus der Schluchtenlandschaft der Märkischen Schweiz geht es in die einsamen Weiten des Oderbruchs.

1 Eberswalde

Vom mittelalterlichen Zentrum des Barnim zum Industriestandort und zur grünen Stadt (40 700 Einw.): Am Finowkanal entstanden im 18. Jh. Papiermühlen und Schmieden, auch zu DDR-Zeiten dominierte Industrie. Nach der „Wende" entstanden viele Parks und Gärten.

SEHENSWERT

Die **Adler-Apotheke** ist das älteste Fachwerkhaus (17. Jh.), heute Sitz des **Stadtmuseums** zur Stadt- und Regionalgeschichte (Steinstraße 3; Di.– So. 10.00–13.00 und 14.00–17.00 Uhr). Am Markt mit dem Löwenbrunnen (1836) stehen das **Alte** (1775) und das **Neue Rathaus** (1905). Die gotische **Maria-Magdalenen-Kirche** (13. Jh) besitzt einen Altar aus der Spätrenaissance. Der **Finowkanal** war 400 Jahre Verkehrsweg und Energielieferant in einem. Rund 1500 Tiere leben im **Zoo Eberswalde**. Spektakulär sind die Löwenhöhle, das Bären- und Wolfsgehege (Am Wasserfall 1, zoo.eberswalde.de; tgl. ab 9.00 Uhr bis Dämmerung).

UMGEBUNG

36 m Höhenunterschied überwinden Wasserfahrzeuge im **Schiffshebewerk Niederfinow** (12 km östl.); ein neuer Bau soll ab 2025 das technische Denkmal von 1934 ergänzen (www.wsa-eberswalde.de; Sommer tgl. 9.30–17.30 Uhr, sonst kürzer). Nördlich erstreckt sich das Biosphärenreservat **Schorfheide-Chorin**; im **Wildpark** leben Luchse, Elche und Wölfe (25 km westl. bei Groß Schönebeck, www.wildpark-schorfheide.de; tgl. 9.00–19.00 Uhr). In die Natur eingebettet liegt die Ruine des **Zisterzienserklosters Chorin** (Urspr. 13. Jh.), eines bedeutenden Baus der frühen Backsteingotik (11 km nordöstl., www.kloster-chorin.org; März bis Okt. tgl. 9.00–18.00 Uhr, sonst kürzer).

INFORMATION

Tourist-Information, Steinstraße 3, 16225 Eberswalde, Tel. 03334 64 52 0, www.tourismus-eberswalde.de

2 Buckow

Die Eiszeit hinterließ in der Märkischen Schweiz eine Hügellandschaft mit Schluchten, Seen und Buchenwäldern. Ausgangspunkt für Wanderungen ist das Städtchen Buckow (1500 Einw.), traditionell eine Sommerfrische vieler Künstler.

Schiffshebewerk Niederfinow (links). Führung in Neulietzegöricke (rechts oben). Brecht-Weigel-Haus in Buckow (rechts unten)

SEHENSWERT

Herz Buckows ist der **Markt** mit der schlichten **Kirche** (überw. 17. Jh.), dem massigen „Lindenhotel" und der Kurverwaltung. Von hier gelangt man auch in den englisch gestalteten Schlosspark – das Schloss wurde 1948 abgerissen.

MUSEEN

Im **Brecht-Weigel-Haus** sind Wohnzimmer und Requisiten sowie Ausstellungen zu sehen (Bertolt-Brecht-Straße 30, www.brechtweigelhaus.de; April–Okt. Mi.–Fr. 13.00–17.00, Sa., So. und Fei. 13.00–18.00 Uhr, sonst kürzer).

ERLEBEN

Mit 145 ha ist der **Schermützelsee** größter der rund 20 Seen der Region. Im Strandbad kann man Ruderboote mieten, legen Ausflugsschiffe ab (Wriezener Straße 38, Sommer Mo. bis Do. 10.00–18.00, Fr.–So. 10.00–19.00 Uhr).

HOTEL UND RESTAURANT

Einfache Zimmer mit Ausblick und das Restaurant mit regionaler Küche machen das € € / € **Hotel & Restaurant Bergschlösschen** zum Stützpunkt (Königstraße 38, 15377 Buckow, Tel. 033433 5 73 12, www.bergschloesschen.com).

UMGEBUNG

Im **Naturpark Märkische Schweiz** TOPZIEL kann man zu Orten wie Drachenkehle und Himmelsleiter wandern; sein Besucherzentrum informiert über Flora und Fauna (Lindenstraße 33, Buckow, www.maerkische-schweiz-naturpark.de).
In **Strausberg** (18 km westl.) kann man die denkmalgeschützte Altstadt zu Fuß oder mit einer erkunden oder man fährt mit der „Annemarie" auf dem Straussee (www.stadt-strausberg.de).
Die **Rennbahn Hoppegarten** (37 km westl.) veranstaltet rund ein Dutzend Renntage mit Pferden im Jahr (www.hoppegarten.com).
Im Osten grenzt die Märkische Schweiz an das **Oderbruch** mit seinen weiten Landschaften. Sehenswert ist das älteste Kolonistendorf **Neulietzegöricke** (www.neulietzegoericke.de). Ende Mai öffnen viele Künstler im Oderbruch ihre Ateliers und Höfe zu den Kunst-Loosen-Tagen (www.kunst-im-oderbruch.de). Das Oderbruchmuseum in **Altranft** zeigt wechselnde Ausstellungen (Am Anger 27,

www.oderbruchmuseum.de; April–Dez. Do. bis So. und Fei. 11.00–17.00 Uhr).
Architekt Peter Joseph Lenné und Graf von Pückler-Muskau gestalteten um 1820 die Parkanlagen des klassizistischen **Schlosses Neuhardenberg,** heute Hotel und Sitz einer Stiftung mit großem Kulturangebot (www.schlossneuhardenberg.de).

INFORMATION
Touristinfo Märkische Schweiz, Sebastian-Kneipp-Weg 1, 15377 Buckow, Tel. 033433 15 00 31, www.maerkischeschweiz.eu

3 Königs Wusterhausen

Soldatenkönig Friedrich Wilhelm I. verbrachte viel Zeit hier, ging auf die Jagd und gründete das Regiment der „Langen Kerls". Davon profitierte auch die gleichnamige Stadt (37 600 Einw.), die auf eine slawische Siedlung an einer Notte-Furt zurückgeht. Südlich erstreckt sich der Naturpark Dahme-Heideseen.

SEHENSWERT
Das schlichte **Schloss Königs Wusterhausen** (Urspr. 14. Jh.) liegt in einem barocken Garten. Die Privaträume Friedrich Wilhelms I. vermitteln einen Einblick in das damalige Leben am Hof (Schlossplatz 1, www.spsg.de, April–Okt. Di.–So. 10.00–17.30 Uhr). Die Kavaliershäuser (1706) werden heute für Kulturveranstaltungen genutzt. Markant ist der achteckige neuromanische Turm der Kreuzkirche (1697).

MUSEUM
Das **Dahmelandmuseum** widmet sich Stadtgeschichte, Handwerk und Geologie (Schlossplatz 7, www.heimatverein-kw.de; Di.–Sa. 10.00 bis 16.00 Uhr).

ERLEBEN
Eine **Draisinenbahn** verbindet Königs Wusterhausen mit Mittenwalde (www.draisinenbahn.de).

INFORMATION
Tourismusverband Dahme-Seen, Bahnhofsvorplatz 5, 15711 Königs Wusterhausen, Tel. 03375 25 20 25, www.dahme-seen.de

4 Bad Saarow

Der Scharmützelsee ist Brandenburgs zweitgrößter See – und einer der beliebtesten. In den von Wäldern umgebenen Kurort Bad Saarow (6000 Einw.) pilgerten schon die Filmstars zu UFA-Zeiten, nach der „Wende" erwachte er erst 1994 zu neuem Leben.

SEHENSWERT
1910 wurde der **Kurpark** mit Trinkhalle, Pavillon und Fürstengraben entworfen und 1995 komplett neugestaltet. Im historischen Moorbadgebäude hat heute das **SaarowCentrum** mit Tourismusverband und Kunstwerkstätten seinen Sitz. Rund um den Ortskern verteilen sich zahlreiche Jugendstilvillen über die Hänge am See.

Tipp

Blüte der Adonisröschen

Eigentlich fühlen sie sich in Asien am wohlsten: Die Frühlings-Adonisröschen (Adonis vernalis) sind Steppengewächse, die bis in den Süden Sibiriens vorkommen. Doch jedes Jahr im April überziehen sie mit ihren gelben Blütenteppichen bei Lebus und Mallnow die Hänge an der Oder. Bis in den Mai kann man sie auf Wanderungen sehen. Und mit ihnen weitere seltene Gewächse wie die Sibirische Glockenblume oder die Steppen-Fahnenwicke.

Klassizistisches Schloss Neuhardenberg (rechts oben). Rathaus von Frankfurt an der Oder mit Prachtfassade (rechts unten)

ERLEBEN
Ausflugsschiffe legen im Hafen zu **Rund- und Erlebnisfahrten** ab (Seestraße 40, www.bad-saarow-schiff.de). Thermalbad, Saunalandschaft und Wellnessbereich gehören zum Angebot der **Saarow Therme** (www.saarowtherme.de).

HOTEL UND RESTAURANT
Fischrestaurant, Seehotel, Bootsverleih und Hofladen bietet die **€ Fischerei Köllnitz** (Groß Schauener Hauptstraße 31, 15859 Storkow, Tel. 033678 6 10 84, www.koellnitz.de).

UMGEBUNG
Eine der ältesten Burgen (1209) der Mark steht in **Storkow** (20 km westl.) und beherbergt das Besucherzentrum des Naturparks Dahme-Heideseen (www.storkow-mark.de; April–Okt. tgl. 10.00–17.00, sonst tgl. 11.00–16.00 Uhr). Auch in **Beeskow** (23 km südöstl.) umrahmt eine Stadtmauer mit acht Türmen die Altstadt. Eine der größten Backsteinkirchen Brandenburgs ist die Marienkirche (1380–1511). Die Burg (Urspr. 14. Jh.) dient heute als Kulturzentrum (www.burg-beeskow.de; April–Sept. Di.–So. 10.00–18.00 Uhr, sonst kürzer).

INFORMATION
Tourismusverein Scharmützelsee, Bahnhofsplatz 4, 15526 Bad Saarow, Tel. 033631 43 83 80, www.scharmuetzelsee.de

5 Frankfurt/Oder

An der Oder und am Kreuzungspunkt mehrerer europäischer Handelsrouten gelegen, setzte Frankfurt (57 700 Einw.) schon vor der Stadtgründung 1253 auf Warenaustausch. Obwohl im Zweiten Weltkrieg schwer beschädigt, blieben Zeugnisse wie Marienkirche und Rathaus erhalten. Nach der „Wende" hat sich Frankfurt als Mittler zwischen Ost und West etabliert, die Europa-Universität ist eine Erfolgsgeschichte. Das Kulturangebot umfasst drei Theater, Museen und das Brandenburgische Staatsorchester.

SEHENSWERT
Die **St. Marienkirche** (Urspr. 1253) gilt als eines der bedeutendsten Bauwerke Brandenburgs im Stil der norddeutschen Backsteingotik; 2002 kehrten auch drei Bleiglasfenster mit mittelalterlichen Glasmalereien aus Russland zurück (Oberkirchplatz 1; Mai–Sept. tgl. 10.00–18.00 Uhr, sonst kürzer). Weitere Kunstschätze aus der Marienkirche sind in der neugotischen **Gertraudenkirche** zu sehen (Gertraudenplatz 6; Mo.–Fr. 9.00–17.00 Uhr). Das **Rathaus** (Baubeginn 1253) diente zunächst auch als Kaufhaus. Ein Relikt aus DDR-Zeiten ist der knapp 90 m hohe **Oderturm** mit weitem Blick vom Restaurant. In der einstigen Kirche des Franziskanerklosters (Urspr. 1270), heute **Konzerthalle Carl Philipp Emanuel Bach,** hat das Brandenburgische Staatsorchester (Lebuser Mauerstraße 4) sein Stammhaus.
Mehrere **Parks** bilden ein grünes Netz, darunter der Lennépark (1845), der Kleistpark und der Gertraudenpark mit einem Denkmal (1910) für den in Frankfurt geborenen Heinrich von Kleist.

MUSEEN
In einer Garnisonschule von 1777 mit modernem Anbau hat das **Kleist-Museum** seinen Sitz (Faberstraße 6, www.kleist-museum.de; Di.–So. 10.00–18.00 Uhr). Am Museum beginnt die Kleist-Route mit acht Stationen über 20 km. Das **Brandenburgische Landesmuseum für Moderne Kunst** zeigt in wechselnden Ausstellungen mit Kunst aus der DDR (Markt 1 und Carl-Philipp-Emanuel-Bach-Straße 11, www.blmk.de; Di.–So. 11.00–17.00 Uhr). Stadt- und Regionalgeschichte stehen im Mittelpunkt des **Museums Viadrina** (Carl-Philipp-Emanuel-Bach-Straße 11, www.museum-viadrina.de; Di.–So. 11.00–17.00 Uhr).

HOTEL
Zentrumsnah liegt das **€ City Residence Hotel** (Bahnhofstraße 11, 15230 Frankfurt, Tel. 0335 6642666, www.messehotel-frankfurt-oder.de).

INFORMATIONEN
Deutsch-polnische Tourist-Information, Große Oderstraße 29, 15230 Frankfurt/Oder, 0335 610 08 00, www.tourismus-ffo.de.

6 Eisenhüttenstadt

Eisenhüttenstadt (23 900 Einw.) entstand ab 1950 als neue Stadt. Weite Teile stehen unter Denkmalschutz. Das Eisenhüttenkombinat Ost (EKO) war das größte Metallurgiekombinat der DDR; es gehört heute zur Arcelor-Gruppe.

SEHENSWERT
Die zentral gelegene **Lindenallee** bildet eine Sichtachse zum Hochofen des Stahlwerks. Vier Gebäudekomplexe der sozialistischen Wohnstadt aus vier Epochen blieben erhalten.

MUSEEN
Das **Städtische Museum** umfasst u.a. Stadtgeschichte, DDR-Kunst (Löwenstraße 4, www.museum-eisenhuettenstadt.de; Di.–Fr. 10.00 bis 17.00, 1. und 3. Sa. im Monat 13.00–17.00 Uhr). Das **Dokumentationszentrum Alltagskultur DDR** thematisiert das Leben in der DDR (Erich-Weinert-Allee 3, www.utopieundalltag.de; Di.–So. und Fei. 11.00–17.00 Uhr).

RESTAURANT
In der traditionsreichen **€ € € / € € Klosterklause Neuzelle** genießt man Spezialitäten wie Schwarzbierbraten (Brauhausplatz 4, Neuzelle, Tel. 033652390, www.klosterklause.de).

UMGEBUNG
Im 13. Jh. gegründet, überrascht **Kloster Neuzelle** TOPZIEL (7 km südl.) mit barocker Pracht. Zentrume ist die Stiftskirche St. Marien mit ihrer kostbaren Innenausstattung. Im spätgotischen Kreuzgang und im Klausurgebäude zeigt das Klostermuseum seine Sammlungen. Zur Anlage gehören auch die weitläufigen Klostergärten mit Orangerie (www.tourismus.neuzelle.de; Stiftskirche Mai–Okt. Mo.–Fr. 10.00 bis 12.15 u. 13.15–17.00, Sa./So. 11.00–16.00, sonst kürzer; Museum April–Okt. 10.00–18.00 Uhr, sonst kürzer). 400-jährige Tradition hat die Klosterbrauerei (Brauhausplatz 1, www.klosterbrauerei.com; Führung Mai–Okt. tgl. 13.00 Uhr bzw. auf Anmeld.). Westlich liegt das **Schlaubetal** mit Schluchten, Wäldern, Niedermooren und Seen (www.schlaubetal-tourismus.de).
Auf eine lange Geschichte blickt die Tuch- und Hutmacherstadt **Guben** (25 km südl.) zurück, seit dem Zweiten Weltkrieg zweigeteilt. Die zerstörte Stadtkirche (1324) soll aufgebaut und zu einem ökumenischen Zentrum werden.

INFORMATION
Tourismusverein Oder-Region, Lindenallee 25, 15890 Eisenhüttenstadt, Tel. 03364 41 36 90, www.tor-eisenhuettenstadt.de

PADDELN AUF DER SPREE

„Berlin ist aus dem Kahn gebaut“, lautet ein geflügeltes Wort über die Spree. Einst gelangte über den knapp 400 Kilometer langen Nebenfluss der Havel Baumaterial in die Hauptstadt, heute erleben Kajakfahrer und Kanuten eine urwüchsige Natur in den Altarmen des Flusses und zahlreichen Seen.

Libellen surren, Schwalben sausen über die Wasserfläche, ein Eisvogel harrt reglos im kühlen Schatten einer Weide aus, deren Stamm schon intensiv vom Biber benagt wurde. Die Paddler verschnaufen kurz – langsam gleiten die Kanadier über die Spree. Links erstreckt sich dichtes Schilf und Auenwald, Bäume liegen kreuz und quer, rechts durchstöbern Störche eine sumpfige Wiese. Und zwischendurch lädt ein Wasserwanderrastplatz zum Picknick ein. Während sich die Spree im Spreewald in unzählige Wasserläufe verästelt, mäandert sie an ihrem Oberlauf friedlich durchs Land – beste Voraussetzungen zum Paddeln. Wer nur einmal schnuppern möchte, findet mit der 27 Kilometer langen Tagestour von Hangelsberg nach Erkner einen herrlichen Abschnitt. Die Strecke führt bequem mit der Strömung über Altarme und durch den Dämeritzsee. Bei durchschnittlicher Kondition ist man rund fünf Stunden auf dem Wasser.

Wer auf der Spree paddelt, kann sich auf Abwechslung freuen.

Ambitionierte Paddler können sich auf den 180 Kilometer langen Rundkurs der „Märkischen Umfahrt“ auf Spree und Dahme begeben. Neben der Natur, die vielerorts wieder in ihren Urzustand zurückfällt, liegen Sehenswürdigkeiten wie Burg Beeskow, das Gerhart-Hauptmann-Museum in Erkner und Schloss Königs Wusterhausen an der Route. Je nach Kondition sollte man sieben bis elf Tage einplanen.

Weitere Informationen

Kajaks und Kanadier stunden-, tage- oder wochenweise bieten KanuSportSpree in Hangelsberg (www.kanu-spree.de) und Kanusport Dahmeland in Märkisch Buchholz (www.kanusport-dahmeland.de).
Ausführliche Streckendetails findet man auf www.flussinfo.net.

Spreewald und Lausitz

FLIESSE UND SEEN

Im Spreewald hinterließ die Eiszeit ein weit verzweigtes Wassernetz, das man am besten an Bord eines Kahns entdeckt. Die Region ist die Heimat der Sorben und Wenden, Nachfahren slawischer Einwanderer, von deren Kultur noch manches lebendig ist.

Ein herrliches Erlebnis: mit dem Paddelboot durch den Spreewald, Deutschlands letzten Dschungel

Dass Einbäume die Vorläufer der heutigen Kähne waren, ist kaum noch zu erkennen: mit dem Kahn im Biosphärenreservat Spreewald bei Lehde (Mitte links und rechts).

Über das Spreewalddorf Lehde sagte Theodor Fontane:
„Es ist die Lagunenstadt im Taschenformat, ein Venedig, wie es vor 1500 Jahren gewesen sein mag, als die ersten Fischerfamilien auf seinen Sumpfeilanden Schutz suchten."

Fließe sind die Hauptverkehrsadern in Lehde – in der Freizeit und für Besucher wie für die Postkahnfrau Andrea Bunar.

HEUTE IST NICHT MEHR ZU ERKENNEN, WELCHE FLIESSE NATÜRLICH ENTSTANDEN SIND ODER VON MENSCHENHAND ANGELEGT WURDEN, UM DIE FLUTEN ZU BÄNDIGEN.

Das Plätschern des Wassers beim Staken. Das Brummen einer Hummel. Das Rauschen des Winds in den Erlen: Mit geschlossenen Augen erlebt man den Spreewald aus einer neuen Perspektive. Hintergrundgeräusche werden plötzlich dominant, sonst dezente Blütendüfte überfallen die Nase – der „Kahn der Sinne" macht seinem Namen wirklich Ehre. Nur vier Passagiere finden auf den weichen Liegekissen Platz.

Sightseeing tritt hier in den Hintergrund, stattdessen blickt man in die vorbeigleitenden Baumwipfel, der Bootsführer ist indessen angewiesen zu schweigen. Nur vom Ufer aus bittet hin und wieder ein neidischer Spaziergänger um eine Mitfahrgelegenheit. Manchmal falle an Bord auch ein „Ja-Wort", berichtet der Steuermann, der schon für rund zwei Dutzend Paare Trauringe und Rosen bereithalten durfte.

Seit mehr als 100 Jahren boomt der Tourismus im Spreewald, neben Potsdam die wohl bekannteste Sehenswürdigkeit Brandenburgs. Die Schmelzwasser der letzten Eiszeit verästelten sich in Hunderte von Wasserarmen mit Feuchtwiesen und Mooren, Erlenbruchwäldern und kleinen Inseln. Bis heute umfasst das Netz der „Fließe", wie die Kanäle und Wasserwege hier genannt werden, mehr als 1500 Kilometer.

Die meisten Kurzbesucher buchen eine Fahrt im klassischen Spreewaldkahn mit Sitzbänken und Tischen. Unterwegs unterhält der Kahnführer sie mit launigen Anekdoten, am Ufer kann man sich mit Gurken, Schmalzstullen und Töpferware eindecken. Aber seit einigen Jahren wächst das Angebot individuellerer Touren: Frühstücksfahrten mit Gurkenbrot und Hefekuchen, Touren mit Fontane- oder Krimilesung, Märchenfahrten für Kinder und Winterexkursionen im „Kaminkahn" oder mit Whiskyverkostung.

IN DER KAHNFAHRSCHULE

Wer dabei Feuer gefangen hat, kann in die Kahnfahrschule gehen. Nach einer kurzen Einweisung bekommt man das Rudel – so heißt das rund drei Meter lange Stakwerkzeug aus Eschenholz – in die Hand gedrückt: „Fußspitzen an die Kante stellen, mit dem Rudel schräg nach hinten abstoßen und dann die Kahnspitze noch in die gewünschte Richtung korrigieren", sagt Wolfgang Gahl und überlässt dem Schüler seinen Platz am Bug.

„Manche geben nach einer Stunde auf, bei anderen klappt es auf Anhieb", sagt der Spreewälder, der schon als Fünfjähriger ein Rudel von seinem Großvater in die Hand gedrückt bekam – eine Selbstverständlichkeit im denkmalgeschützten Dorf Lehde. Wie viele andere Orte der Region wurden die Gehöfte hier auf Erhebungen im Schwemmland angelegt, die Siedler lebten vom Fischfang und der Landwirtschaft.

„Ich musste nach der Schule immer auf dem Feld oder beim Heuen helfen", erinnert sich Gahl. Natürlich mit dem Kahn, bis heute ein Hauptverkehrsmittel. Die Müllabfuhr kommt in Lehde mit dem Kahn und ebenso die Briefträgerin. Ein Bauer bringt sein Vieh noch auf dem Wasserweg zur Sommerweide, und Deutschlands einzige Kahnlinie pendelt mit ihren Fahrgästen ins benachbarte Lübbenau.

„Vorsicht, die Kurve enger schneiden!", ruft Gahl seinem Schüler zu. In sanften Windungen schlängelt sich das Fließ durch die Wiesen mit weidenden Kühen. Mächtige Erlen und Eschen säumen das Ufer. Hin und wieder gleitet ein reetgedecktes Blockhaus aus teergeschwärzten Bohlen vorbei, üppige Bauerngärten und kunstvoll aufgeschichtete Heuhaufen. Im Wasser hängen hölzerne Fischkästen, die den lebenden Fang frisch halten.

OHNE KÄHNE HÄTTEN DIE SPREEWÄLDER NICHT ÜBERLEBEN KÖNNEN. ERST SEIT WENIGEN JAHRZEHNTEN GIBT ES STRASSEN.

WILDE WALDFRAUEN

Auf vielen Hausgiebeln stehen zwei gekreuzte Schlangen aus Holz, einst ein slawisches Schutzsymbol. Im südlichen Brandenburg und in Sachsen leben bis heute die Sorben und Wenden – Nachfahren slawischer Einwanderer, die ab dem 6. Jahrhundert in die Region strömten. Rund 60 000 Menschen umfasst diese Volksgruppe noch, in deren

Spreewälder Festivitäten: Traditionell zeigen sich Lehde beim Lehde-Fest Ende September (oben) und Burg beim Umzug des Heimat- und Trachtenfests (unten).

Lübbenauer Spreewald- und Schützenfest am ersten Juli-Wochenende – ohne Kahn-Umzug, Trachten und natürlich Gurkenverkostung nicht vorstellbar

Ein sorbischer Erntebrauch der Burger Jugend ist das Hahnrupfen: der Ritt der Burschen durch einen eichenlaubgeschmückten Bogen, aus dem ein dort aufgehängter Hahn herabgerissen werden muss – der Sieger wird Burger Erntekönig (linke Seite unten). Vorchristlichen Überlieferungen nach herrschen in der Johannisnacht besondere Kräfte. Darauf bezieht sich der Brauch des Johannisreitens – heute nur noch in Casel bei Cottbus. An einem Sonntag um den 24. Juni, wird versucht, einem jungen Reiter den Blumenschmuck abzunehmen, um ihn als Glücksbringer im eigenen Zuhause aufzuhängen (unten)

Nachdem Hermann von Pückler-Muskau Schloss Muskau und den dortigen Park verloren hatte, stürzte sich der 60-Jährige auf die Gestaltung des Branitzer Grüns: ein Landschaftspark nach englischem Vorbild entstand. Auch das Schloss, Stammsitz der Pücklers, wurde dem Zeitgeist angepasst und ist heute als Museum zugänglich (rechts oben und Mitte rechts).

Das Info-, Kommunikations- und Medienzentrum gehört als Bibliothek, Multimedia- und Rechenzentrum zur Brandenburgischen Technischen Universität Cottbus-Senftenberg. Auch die knallbunte Wendeltreppe entwarfen die Schweizer Stararchitekten Jacques Herzog und Pierre de Meuron (Mitte links).

Die prosperierende Textilindustrie hatte Wohlstand beschert. Diesen demonstrierte das Cottbuser Bürgertum selbstbewusst mit einem repräsentativen Theaterneubau im damals angesagten Jugendstil. 1908 hob sich der Bühnenvorhang zum ersten Mal.

1671 legte ein Stadtbrand Cottbus in Schutt und Asche. Es entstand das barock-klassizistische Bild des heutigen Altmarkts, überragt vom Turm der Oberkirche St. Nikolai, zu der auch der daneben aufragende kleine Schmuckgiebel gehört.

Lebensweise und Traditionen man im Freilandmuseum Lehde eintauchen kann.

Sorben und Wenden sind bekannt für ihre bunte Folklore: die Tänze und die Musik, Bräuche wie das kunstvolle Bemalen der Ostereier und die Trachten mit den charakteristischen breiten Hauben. In jedem Ort tragen die Frauen eine andere Version je nach Anlass. Trachtenschneiderinnen wachen darüber, dass die Regeln zu Formen, Farben und Stecktechniken nicht verwässert werden.

Doch dann kam Sarah Gwiszcz – bunte Dreadlocks, Piercing, originelle Klamotten. Die junge Modedesignerin aus Lübbenau entwarf in ihrer Abschlussarbeit eine moderne Trachtenversion mit zeitgemäßen Designs und Motiven aus dem mexikanischen Totenkult und zeigte sie auf dem Laufsteg. Ein Schock für die konservative Sorbengemeinde! „Ich habe gemerkt, dass der Input, die Inspiration direkt vor unserer Haustür liegt“, sagt Gwiszcz.

Mit Blick auf die vielen Jugendlichen, die dem Spreewald den Rücken zugewandt haben, plädiert sie dafür, die alten Traditionen in die Neuzeit mitzunehmen: „Man muss nicht weggehen, sondern kann auch sein eigenes Zuhause mit neuen Energien befruchten.“ Inzwischen kleidet sie nicht nur Sorbinnen für jeden Anlass ein, von den Osterbräuchen über die Hochzeit bis zum 80. Geburtstag. „Wurlawy“ heißt ihr Label tragbarer Mode mit folkloristischem Touch, frei übersetzt „wilde Waldfrauen“.

Nebenbei hat die Designerin angefangen, wieder die sorbische Sprache zu lernen, die nur noch rund fünf Prozent der Spreewälder Sorben beherrschen. Um das zu ändern, beginnt der Unterricht schon im Kindergarten, und mancher Absolvent des sorbischen Gymnasiums beschließt, die Sprache zu studieren. Ein Baustein für den Erhalt der Kultur.

MEISTERWERK MIT PYRAMIDE

Im Spreewald fand auch eine der schillerndsten Persönlichkeiten des 19. Jahrhunderts Inspiration: Hermann Fürst

1789 wurde beim heutigen Lauchhammer das erste Kohleflöz erschlossen. Das heute bekannte Bild des Tagebaus begann sich aber erst gut 100 Jahre später zu entwickeln. Um Welzow förderten zu Beginn nur kleine Gruben die Braunkohle. Erst in den 1960er-Jahren kam hier die bis heute zu sehende gewaltige Technik zum Einsatz. Bislang mussten 17 Dörfer den Baggern weichen. Mit ihnen werden im Tagebau Welzow-Süd jedes Jahr bis zu 20 Millionen Tonnen Braunkohle gefördert, in erster Linie für das benachbarte Kraftwerk Schwarze Pumpe.

Westlich von Senftenberg liegt Plessa. Sein Kraftwerk, 1927 in Betrieb genommen, lieferte bis 1992 Strom. Unter Denkmalschutz gestellt, ist es heute unter dem Motto „Kultur und Arbeit in der neuen Niederlausitz" ein „Erlebnis-Kraftwerk" und Industriemuseum (oben). Tagebau Welzow Süd: Gewaltige Massen werden hier bewältigt; jeder Eimer fasst über drei Kubikmeter (unten)

von Pückler-Muskau war Abenteurer und Schriftsteller, Offizier und Weltreisender, Gartenbauer und Landschaftsarchitekt, Dandy und Lebemann, der schon mal gerne in einer von Hirschen gezogenen Kutsche durch Berlin fuhr. Der von ihm geschaffene Muskauer Park in Sachsen zählt zum Weltkulturerbe, doch sein eigentliches Meisterwerk entstand in Branitz nahe Cottbus.

1845 musste der „Grüne Fürst" Schloss Muskau aus Geldmangel verkaufen, er kehrte auf den alten Familiensitz am Rand des Spreewalds zurück. Im Alter von 60 Jahren begann Pückler hier damit, die umliegenden kargen Äcker in einen Park zu verwandeln – inspiriert von Vorbildern, die er auf seinen Reisen entdeckt hatte. Er ließ Seen und Fließe anlegen, Berge und Hügel aufschütten und mehr als eine Million Bäume und Sträucher pflanzen.

»WER MICH GANZ KENNENLERNEN WILL, MUSS MEINEN GARTEN KENNEN, DENN MEIN GARTEN IST MEIN HERZ.«

Hermann Fürst von Pückler-Muskau

Vor dem Gewächshaus, in dem er Ananas züchtete, steht heute noch der riesige Wagen, mit dem er ausgewachsene Bäume aus dem Umland herbeischaffen ließ, um mit ihnen Landschaftsgemälde entstehen zu lassen, schließlich wollte er das Ergebnis noch zu seinen Lebzeiten bewundern. Beim Spazieren – oder bei einer Fahrt mit der Gondel – durch sein Gartenreich entdeckt man immer wieder neue Blicke und Sichtachsen, warten hinter jeder Ecke Überraschungen und Sinneseindrücke.

Pücklers Begeisterung für den Orient manifestiert sich im Bau zweier Pyramiden. Im sogenannten Tumulus, einer von Wein bewachsenen Pyramide in ei-

Seit 2008 will die 30 m hohe Landmarke Lausitzer Seenland, für die Einheimischen der „Rostige Nagel“, die Wandlung der Region vom Braunkohlerevier zu einer Seenlandschaft versinnbildlichen. Von der Aussichsplattform ganz oben bekommt man eine Vorstellung davon.

nem See, liegt er zusammen mit seiner Frau Lucie begraben. Jeden Herbst erglühen die Blätter in leuchtendem Rot, dem „Pyramidenfeuer“ – ein weiterer Einfall des Gartenbaumeisters, getreu seinem Motto: „Wer mich ganz kennenlernen will, muss meinen Garten kennen, denn mein Garten ist mein Herz.“

TOURISMUS STATT TAGEBAU

„Blühende Landschaften“ hat man sich auch im Lausitzer Seenland auf die Fahnen geschrieben. Doch wer an der Kante des Tagebaus Welzow steht, erblickt zunächst ein Bild der Zerstörung: Bis zum Horizont erstrecken sich die Abraumhalden des Braunkohleabbaus, gigantische Maschinen wühlen sich durch die Landschaft, am Horizont stehen Wolken über den Kühltürmen des Kraftwerks Schwarze Pumpe.

Unter der Lausitz liegen noch mehrere Milliarden Tonnen Braunkohle, obwohl hier schon seit mehr als 150 Jahren abgebaut wird. In Sachen Energieversorgung war sie eine Lebensader der DDR, mit Tagebauen, Kraftwerken und Industrieanlagen. Nach der „Wende“ wurden viele Betriebe geschlossen, die Arbeitslosigkeit erreichte Rekordhöhen. Zurück blieben marode Bauten und aufgegebene Gruben – eine Mammutaufgabe.

„Über Kippen werden Boote segeln“, fasste Landschaftsplaner Otto Rindt schon in den 1960er-Jahren seine Vision von einem Seenland zusammen. An dem von ihm geplanten Senftenberger See erinnert wenig an die Braunkohle-Vergangenheit: Im Wasser tummeln sich Fische, am Strand die Badegäste aus Sachsen und Berlin, im 2013 eröffneten Stadthafen von Senftenberg die Spaziergänger.

Die Idee wurde nach der „Wende“ von der Internationalen Bauausstellung Fürst-Pückler-Land weiterentwickelt – mit dem Tourismus als neuem Impulsgeber. Die Projekte, die nach der Jahrtausendwende angestoßen wurden, locken inzwischen Besucherströme in die Niederlausitz. Dass der eingeschlagene Weg unvermeidlich ist, zeigt auch die Entscheidung der Bundesregierung, den Braunkohleabbau bis spätestens 2038 einzustellen.

EIN SEE FÜR JEDEN GESCHMACK

Eindrucksvoll erlebt man den Wandel am neuen Großräschener See. „Als wir die Straße zum Tagebau 2007 in ‚Seestraße‘ umbenannten, staunten alle noch“, erinnert sich Cornelia Wobar, die das Projekt begleitete. Damals konnten Besucher mit dem Geländewagen durch die Mondlandschaft des aufgegebenen Tagebaus kurven und auf einem zur Seebrücke umgebauten Bergbaugerät in den Abgrund blicken. Heute plätschern hier die Wellen an den Strand, und der nagelneue Hafen wartet auf Segler und Wasserwanderer. „Großräschen wächst wieder“, sagt Wobar. Die Townhouses am Seeufer sind alle verkauft, Kindergärten und Schulen sollen ausgebaut werden, weitere Unterkünfte und Marinas sind in Planung. Ab 2023 soll man auf einem Kanal zum benachbarten Sedlitzer See schippern können.

Insgesamt zwei Dutzend neue Seen entstehen in der Region – jeder für eine andere Besuchergruppe: für Familien, Motorsportler, Hausbootreisende, Segler und Surfer. Dazwischen blieben eindrucksvolle Bergbaurelikte erhalten, so die Abraumförderbrücke F 60, eine der größten beweglichen Maschinen der Welt, die Biotürme in Lauchhammer oder die Brikettfabrik Luise mit bis heute funktionstüchtigen Anlagen.

Überraschend ist auch der Anblick von Weinreben am Rand des Großräschener Sees. „Südhang, beste Lage“, sagt Cornelia Wobar, die hier als Nebenerwerbswinzerin moderne, pilzresistente Weinsorten anbaut – auf Böden, die vom Tagebau verschont blieben. Aber auch ein Energieversorger forschte in der Region schon zum Thema Weinbau. Seit 2015 wird geerntet. Wein aus dem Tagebau: Die Tropfen sind beliebte Mitbringsel.

Der Senftenberger See gehört mit seinen 13 Quadratkilometern zu den großen der Lausitzer Seenkette und hat sich zu einem touristischen Anziehungspunkt entwickelt – hier am Stadthafen Senftenberg.

Nicht immer war der Übergang so harmonisch: Am Grossräschener See wurde der Abwurfausleger des letzten Abraumabsetzers des früheren Tagebaus Meuro zur Seebrücke, der frühere Hang des Tagebaus zum Weinberg (Mitte rechts).

Der Pfingstmontag ist traditionell Deutscher Mühlentag. Dann ist auch die Bockwindmühle des Dorfes Lebusa südwestlich von Luckau für Besucher geöffnet. Sie gilt als älteste weit und breit, die Jahreszahl 1686 findet sich eingeritzt (Mitte links und unten).

Neue Natur

DIE RÜCKKEHR DER WILDNIS

Biber und Kraniche, Elche und Wölfe: Tiere, die in Brandenburg einst selten oder bereits verschwunden waren, sind in den vergangenen Jahren zurückgekehrt, dazu kamen Neusiedler wie Waschbären und Bisamratten. Doch das Zusammenleben zwischen Mensch und Wildtier verläuft nicht konfliktfrei.

Kein Automotor, keine Stimmen, kein Baulärm: Im Zwischenoderland bei Mescherin ist die Stille überwältigend. Meterhohes Schilf gibt den Kanuten im Nationalpark Unteres Odertal den Weg vor. Anfang des 20. Jahrhunderts entstand hier als Hochwasserschutz ein Poldersystem, mit Deichen, Brücken und Schleusen. Nach dem Zweiten Weltkrieg konnte sich die Natur diese Auenlandschaft zwischen Deutschland und Polen teilweise zurückerobern – in einem der größten zusammenhängenden Moorgebiete Europas.

Wer hier eintaucht, stößt immer wieder auf hölzerne Hügel, manche fast acht Meter breit und drei Meter hoch: Biberburgen. Hier haben sie genügend Auslauf, keine Feinde und stören niemanden – anders als in anderen Regionen Brandenburgs.

„Das ist völlig aus dem Ruder gelaufen", sagt Jens Kath, der nahe Angermünde ökologischen Landbau betreibt. „Inzwischen sitzt in jedem Graben einer – und wir bleiben auf den Folgekosten sitzen." Heute sollen in Brandenburg wieder gut 3500 der streng geschützten Tiere leben. Zur Freude von Naturschützern: Biber erschaffen wertvolle Feuchtbiotope, in denen sich seltene Tier- und Pflanzenarten ansiedeln. Und leisten dabei auch Hochwasserschutz, weil das Wasser langsamer fließt, sagen sie.

Sie fällen unsere Bäume, fressen unseren Mais, setzen Felder unter Wasser und graben Höhlen in Dämme und Deiche, stöhnen dagegen Gärtner und Landwirte. „Wenn die Gesellschaft etwas haben will, muss sie dafür doch auch eine Lösung finden", meint Jens Kath, der viel Arbeitskraft investieren muss, um Schäden zu beheben. Wie viele andere beklagt er hohe bürokratische Hürden für finanzielle Hilfen.

Zur Lösung der Probleme mit den Bibern hat die Landesregierung 2015 und 2020 Biberverordnungen erlassen, die regeln, wann und wie in die Population eingegriffen werden darf. Doch in den betroffenen Gebieten ist der Zorn unverändert hoch, manche greifen zu Selbstjustiz, andere fordern, „Problembiber" abzuschießen.

„Das macht überhaupt keinen Sinn", sagt dagegen Mathias Otto im Naturerlebniszentrum Blumberger Mühle des Naturschutzbundes Deutschland. „Der nächste Biber steht doch schon Schlange für das Revier. Wir müssen

Landschaftsarchitekt Biber – hier in der Nähe von Schloss Branitz – lässt Naturfreunde jauchzen und Landwirte stöhnen.

Wölfe und Elche im Wildpark Schorfheide

Informationen

Biber in freier Wildbahn erlebt man im Nationalpark Unteres Odertal bei Wanderungen und Paddeltouren von Flusslandschaft Reisen (www.flusslandschaft-reisen.de). **Biber** und seltene **Sumpfschildkröten** leben auf dem Freigelände des Naturerlebniszentrums Blumberger Mühle bei Angermünde (www.blumberger-muehle.nabu.de). **Wölfen** kommt man im Wildpark Schorfheide nahe; auch **Elche** kann man dort sehen (www.wildpark-schorfheide.de), ebenso wie auf der Elchfarm Golz nördlich von Prenzlau (www.wild-golz.de).

lernen, wieder mit wilden Tieren zu leben", sagt der Naturschützer. „Aber man darf die Betroffenen nicht mit ihren Sorgen alleine lassen."

IMMER MEHR „BESUCHER"

Der Biber ist nicht das einzige Tier, das nach Brandenburg zurückkehrte: Seit den 1990er-Jahren stieg die Zahl der Kraniche stark an, von denen es wieder mehrere Tausend Brutpaare gibt. 2017 wurde ein Wisent erschossen, der aus Polen kam. Auch die Zahl der Elche aus dem Nachbarland – bislang nur „zu Besuch" – wächst stetig. Zu den Rückkehrern haben sich weitere Arten gesellt. Und alle beeinflussen mehr oder weniger stark die existierenden Ökosysteme.

DAS HEISSESTE WILDTIERTHEMA

Alleine gelassen fühlen sich viele auch beim Thema Wolf, inzwischen noch heißer diskutiert als die Biberfrage. Seit 2007 leben wieder Wölfe im Bundesland – das offizielle Wolfsmonitoring verzeichnete 2020 insgesamt 47 Rudel. Während Tierfreunde begeistert sind, fordern viele Landwirte und Jäger großzügigere Abschussregelungen, obwohl der Wolf unter dem Schutz der europäischen Fauna-Flora-Habitat-Richtlinie steht.

Wolfsgegner und populistische Parteien versuchen, die Meinung mit Falschnachrichten zu beeinflussen: beispielsweise, die Rückkehrer würden heimlich von Tierschützern ausgesetzt, würden sich überwiegend von Nutztieren ernähren, wären eine Gefahr für Kinder. Erfahrungen aus anderen Bundesländern zeigen, dass sich die Aufregung legt, wenn sachlich diskutiert wird.

Die Präsenz der Wölfe erfordert Umdenken. So müssen Viehhalter anders managen und Jäger sich wieder das Wissen aneignen, Spuren zu lesen, weil das Wild seinen Tagesrhythmus ändert. Gleichzeitig kann der Wolf helfen, die Wilddichte in den Wäldern zu regulieren. Es ist Aufgabe der Gesellschaft als Ganzes, darüber zu entscheiden, wie viel Wildnis, wie viele wilde Tiere sie sich leisten möchte.

Beelitz
Zossen
Luckenwalde
Jüterbog
Lübben (Spreewald) Lubin
Lübbenau Lubnjow
Cottbus Chośebuz
Forst (L.) Baršć
Guben Gubin
Eisenhütten-stadt
POLSKA
Beeskow
Spremberg Grodk
Senftenberg
Hoyerswerda Wojerecy
Weißwasser /Oberlausitz Běła Woda
Großräschen
Finsterwalde
Herzberg
Torgau
Jessen (Elster)
Bad Liebenwerda
Elsterwerda
Gröditz
Lauchhammer
Luckau
Naturpark Nuthe-Nieplitz
Naturpark Dahme-Heideseen
Naturpark Niederlausitzer Landrücken
Naturpark Niederlausitzer Heidelandschaft
Naturpark Schlaubetal
Biosphärenreservat Spreewald
Niederer Fläming
Baruther Urstromtal
Nuthe-Urstromtal
Schwielochsee
Niederlausitz
Muskauer Heide
Dahlener Heide
Schradenland
Sperrgebiet
Maßstab 1:500.000
10km

WASSERREICHER SÜDEN

Während Cottbus mit dem Branitzer Park Gartenfreunde anzieht, entsteht im Lausitzer Seenland eine neue Wasserwelt mit rund 25 Seen. Auf eine weit zurückreichende Vergangenheit blickt dagegen das Netz der Fließe im Spreewald, das man im Kahn oder Kanu erkunden kann.

1 Cottbus

Die Stadt mit knapp 100 000 Einwohnern ist Brandenburgs zweitgrößte. Die bewegte, bald 1000 Jahre umfassende Geschichte hinterließ ein abwechslungsreiches Stadtbild. Das Zentrum um den Altmarkt zeigt sich nach schweren Kriegszerstörungen saniert, und mit dem Brandenburgischen Landesmuseum verfügt Cottbus über eine großartige Kunstsammlung. Gartenfreunde finden in Branitz ein Beispiel europäischer Gartenbaugeschichte.

SEHENSWERT
Den **Altmarkt** säumen barocke Bürger- und klassizistische Traufenhäuser aus dem 18. und 19. Jh. Die mittelalterliche **Stadtmauer** (Urspr. 13. Jh.) lässt noch den Grundriss der Altstadt erkennen; Münz- und Spremberger Turm blieben als Teil der Befestigung. Die spätgotische **Oberkirche St. Nikolai** (Urspr. 14. Jh.) am Oberkirchplatz schmückt im Inneren ein Sterngewölbe. Die gotische **Klosterkirche** (Urspr. 13. Jh.), auch Wendische Kirche, ist die älteste Kirche von Cottbus. Auf dem Gerichtsberg erhebt sich der 46 m hohe, mittelalterliche **Schlossturm.** Die historischen Gerberhäuser an der Mühleninsel gelten als älteste der Stadt. Ein Schmuckstück ist das Jugendstil-**Staatstheater** (www.staatstheater-cottbus.de). Der Fürst-Pückler-Park in **Branitz** TOPZIEL gilt als eine der bedeutendsten Gartenanlagen des 19. Jh.; mehrere Ausstellungen in Schloss, Gutshof und Marstall (Robinienweg 5, www.pueckler-museum.eu; Schloss April–Okt. Mi. bis Mo. 11.00–18.00, sonst bis 17.00 Uhr, Park durchgehend). Die Grabpyramide des Fürsten ist der Höhepunkt bei einer Gondelfahrt (www.pueckler-museum.de, Mai–Sept. Sa./So./Fei 11.00–16.00 Uhr).

MUSEEN
Im Fokus des **Brandenburgischen Landesmuseums für moderne Kunst** im einstigen Dieselkraftwerk aus den 1920er-Jahren stehen die Neuen Bundesländer sowie Plakatkunst (Uferstraße/Am Amtsteich 15, www.blmk.de; Di.–So. 10.00–18.00 Uhr). Im **Stadtmuseum** findet man Stadt- und Regionalgeschichte (Bahnhofstraße 22; Mai–Sept. Mi.–Fr. 10.00 bis 18.00, Sa., So. und Fei. 13.00–18.00 Uhr, sonst kürzer). Das **Wendische Museum** informiert über Sorben und Wenden (Mühlenstraße 12, www.wendisches-museum.de; Zeiten wie Stadtmuseum).

VERANSTALTUNGEN
Gartenfestival in Park und Schloss Branitz (Mai), **Stadtfest** um den Altmarkt (Juni), **Cottbuser Töpferfest** (Sept.), Filmfestival Cottbus (Nov.; www.filmfestivalcottbus.de), **Weihnachtsmarkt** und **Branitzer Parkweihnacht** (Advent).

HOTEL
Modernen städtischen Komfort in zentraler Lage bietet das € € € / € € **Hotel Lindner** (Berliner Platz/Karl-Marx-Straße 68, 03046 Cottbus, Tel. 0355 36 60, www.lindner.de).

UMGEBUNG
2019 begann die Flutung des **Ostsees** in einem einstigen Tagebau – er soll der größte der Region werden. Von einem Aussichtsturm kann man den aktuellen Stand betrachten. Zehntausende Rosen sind im Ostdeutschen Rosengarten in **Forst** zu finden (25 km östl.; www.rosengarten-forst.de; Mai–Sept. 9.00–19.00 Uhr, sonst kürzer). Das Brandenburgische Textilmuseum erinnert an das hier einst bedeutende Gewerbe (Sorauer Str. 37, www.textilmuseum-forst.de; Juni–Sept. Di.–Fr. 10.00–17.00, Sa. So. 14.00–17.00, Mo. 9.00–16.00 Uhr, sonst kürzer).

INFORMATION
CottbusService, Stadthalle, Berliner Platz 6, 03046 Cottbus, Tel. 0355 75 42 0, www.cottbus-tourismus.de

Per Kahn zur Seepyramide im Schlosspark Branitz (links). Universität Cottbus (rechts unten)

2 Spremberg

Die Altstadt von Spremberg (22 000 Einw.) liegt seit mehr als 1000 Jahren auf einer Spreeinsel, Heimat des Schriftstellers Erwin Strittmatter (1912–1994), der mit seiner Familiensaga „Der Laden" der Region ein Denkmal setzte.

SEHENSWERT
Die evangelische **Kreuzkirche** ist eine spätgotische Backstein-Hallenkirche (um 1500). Die **Wendische Kirche** wurde 1835 klassizistisch neu errichtet. Das **Rathaus** (ab 1706) vereint Elemente aus Neorenaissance und Barock. Das **Spremberger Schloss** mit Wurzeln im 11. Jh. wurde zu einer frühbarocken Vierflügelanlage umgestaltet; das **Niederlausitzer Heidemuseum** bietet dort Regional- und Industriegeschichte sowie Informationen zu Erwin Strittmatter (Schlossbezirk 3, www.heidemuseum.de; Di.–Fr. 9.00–17.00, Sa., So. und Fei. 14.00–17.00 Uhr).

INFORMATION
Tourist-Information Spremberger Land, Am Markt 2, 03130 Spremberg, Tel. 03563 45 30, www.spremberg.de

3 Senftenberg

Senftenberg (23 900 Einw.), im 14. Jh. als Burgsiedlung gegründet und ab 1860 für 150 Jahre Bergarbeiterstadt, hat sich dem Wasser zugewandt – blaue Steinquader führen zum See. Im Umland stehen noch viele Industriedenkmäler aus DDR-Zeiten.

SEHENSWERT
Am **Marktplatz** blieben Bürgerhäuser (17. /18. Jh.) erhalten. Die **Peter- und Paulkirche** entstand im 13. Jh., das **Alte Rathaus** 1929. Östlich des Marktplatzes liegt das Renaissance-**Schloss** (16. Jh.) mit der **Kunstsammlung Lausitz** und dem Schaubergwerk (Schlossstraße, www.museums-entdecker.de; April bis Okt. Di.–So. 10.30–17.30 Uhr, sonst kürzer).

ERLEBEN
Im **Senftenberger See** kann man wasserwandern, segeln, surfen, Kanu fahren, rudern, tauchen und mehr. Über den Koschener Kanal gelangt man in den **Geierswalder See.**

HOTEL UND RESTAURANT
Zum **€ € € / € Strandhotel Senftenberger See** gehören Bootsanleger, Restaurant und Terrasse (Am See 3, 01968 Senftenberg, Tel. 03573 80 01 00, www.senftenberger-see.de). Das regional ausgerichtete **€ € € € / € € € Restaurant Drogerie** in den früheren Räumen einer Drogerie ist auch Kochschule (Ernst-Thälmann-Straße 38, Tel. 03573 808 67 52, www.drogerie-restaurant.de; So. geschl.).

UMGEBUNG
In **Großräschen** (17 km nördl.) fällt der Blick von den IBA-Terrassen auf den frisch gefluteten See (Besucherzentrum, Café, Seebrücke und Stadthafen, www.iba-terrassen.de; März–Okt. Mi.–So. 10.00–18.00 Uhr). Hier beginnen auch geführte Touren (www.iba-tours.de). Vom Turm der **Landmarke Lausitzer Seenland** (8 km östl. bei Kleinkoschen), auch „Rostiger Nagel genannt", hat man einen guten Blick auf den Landschaftswandel. In **Welzow** (22 km nordöstl.) ermöglicht eine Aussichtsplattform den Blick in aktiven Tagebau; im Besucherzentrum Excursio starten Touren (www.bergbautourismus.de). In **Lauchhammer** (25 km westl.) blieb mit den Biotürmen (Aussichtsplattform) der Rest einer Großkokerei erhalten (Freifrau-von-Löwendal-Straße 3, www.biotuerme.de; Sommer So. und Fei. 10.00–18.00 Uhr). Das **Besucherbergwerk F 60** TOPZIEL bei Lichterfeld-Schacksdorf (30 km nordw.) wartet mit einer stillgelegten riesigen Abraumförderbrücke auf: Über 500 m lang und fast 80 m hoch ist das Ungetüm (www.f60.de; Mitte März–Okt. tgl. 10.00–18.00 Uhr, sonst kürzer).

INFORMATION
Tourismusverband Lausitzer Seenland, Touristinformation Senftenberg, Markt 1 und Stadthafen 4, 01968 Senftenberg, Tel. 03573 149 90 10, www.lausitzerseenland.de

4 Luckau

Der erhaltene historische Stadtkern mit den mittelalterlichen Befestigungsanlagen und den barocken Wohnhäusern sowie die Parkanlagen machen das frühere Niederlausitzzentrum (9600 Einw.) zu einem Schmuckstück.

SEHENSWERT
Die fast vollständig erhaltene **Stadtmauer** (13./14. Jh.) mit Stadtgraben und 30 m hohem Roten Turm, Erinnerung an Wohlstandszeiten, umgeben die historische Altstadt. Die **Kirche St. Nikolai** (Urspr. 14./15. Jh.) weist viele barocke Elemente auf. Der **Markt** ist gesäumt von stuckverzierten Giebelhäusern (17. Jh.). Der **Hausmannturm** (47 m) schließt sich an die spätromanische **Georgenkapelle** (Urspr. 13. Jh.) an. Das **Rathaus** aus dem 17. Jh. wurde mehrfach umgebaut, u.a. klassizistisch.

MUSEEN
Das **Niederlausitz-Museum** hat in einer ehemaligen Klosterkirche (Urspr. 14. Jh.) seinen Sitz (Nonnengasse 1, www.niederlausitzmuseum-luckau.de; Di. und Do.–So. 10.00–17.00, Mi. 13.00–17.00 Uhr).

UMGEBUNG
Südlich erstreckt sich der **Naturpark Niederlausitzer Landrücken** in einer Bergbaufolgelandschaft (www.niederlausitzer-landruecken-naturpark.de). Das Renaissance-**Schloss Doberlug** (33 km südl.) geht auf eine Klosteranlage aus dem 12. Jh. zurück.

INFORMATION
Tourismusverband Niederlausitzer Land, Nonnengasse 1, 15926 Luckau, Tel. 03544 129 97 14, www.niederlausitz.com

5 Lübben

In der Kreisstadt (14 000 Einw.) predigte der Kirchenlieddichter Paul Gerhardt. Die gemütliche Stadt mir ihrer grünen Schlossinsel ist Ausgangspunkt für Kahnfahrten und Touren in den nördlich gelegenen Unterspreewald.

Luckaus Marktplatz (rechts oben). Spreewald- und Schützenfest in Lübbenau (rechts unten)

SEHENSWERT
Schloss Lübben, im Urspr. mittelalterlich, zeigt sich als Renaissancebau (Schlossturm 14. Jh.). Es beherbergt das **Stadt- und Regionalmuseum** (Ernst-von-Houwald-Damm 14, www.schloss-luebben.de; Mi.–So. 10.00–17.00 Uhr). In der spätgotischen **Paul-Gerhardt-Kirche** (16. Jh.) am Marktplatz liegt der Dichterpfarrer (1607–1676) begraben.

HOTEL
Helle, gemütliche Zimmer mit viel Holz prägen das **€ € € € Strandhaus Boutique Resort & Spa** mit Garten am Spreeufer (Ernst-von-Houwald-Damm 16, 15907 Lübben, Tel. 03546 73 64, www.strandhaus-spreewald.de).

UMGEBUNG
Nördlich erstreckt sich der einsame Unterspreewald mit seinem Hauptort **Schlepzig** (600 Einw.), Ausgangspunkt für Kahnfahrten.

INFORMATIONEN
Tourismus, Kultur & Stadtmarketing Lübben, Ernst-von-Houwald-Damm 15, 15907 Lübben, Tel. 03546 30 90, www.luebben.de

6 Lübbenau

Die mehr als 700 Jahre alte heimliche Hauptstadt des Spreewalds (16 000 Einw.) bildet mit dem denkmalgeschützten Lehde einen besonderen Anziehungspunkt.

SEHENSWERT
Ein Wahrzeichen ist das **Schlossensemble** mit Landschaftsgarten, heute Sitz eines Hotels. Den **Marktplatz** schmücken klassizistische Bürgerhäuser. Quirliges Leben herrscht am Spreewaldhafen, wo regelmäßig Kähne ablegen.

MUSEEN
Das **Haus für Mensch und Natur** ist das Besucherzentrum des Biosphärenreservats Spreewald (Schulstraße 9; April–Okt. Di.–So. 10.00–17.00 Uhr, sonst kürzer). Historische Laden- und Werkstatteinrichtungen zeigt das

Tipp

Per Kahn unterwegs

Kahnfahrten TOPZIEL werden überall im Spreewald angeboten. Wer sich selbst einmal als Fährmann betätigen möchte, bucht bei Familie Gahl einen einstündigen Kurs im Kahnfahren (An der Dolzke 7b, Tel. 0173 355 17 58, www.kahnfahrt-lehde.de). Im Anschluss an den Kurs darf man hier einen Kahn ausleihen. Lübbenau bietet zudem Nostalgiefahrten wie zur Gründerzeit (www.spreewaelder-kahntouren.de), Foto- und Natursafaris (www.kahnfahrten-luebbenau.de).

Spreewald-Museum im Torhaus (Topfmarkt 12; April–Okt. Di.–So. 10.30–18.00, sonst kürzer). Bauernhöfe, Gärten und Kahnbauerei prägen das **Freilandmuseum Lehde** (An der Giglitza 1a, www.museums-entdecker.de; April–Sept. tgl. 10.00–18.00, Okt. tgl. 10.00–17.00 Uhr).

VERANSTALTUNG
Sorbische Bräuche zeigt die **Lübbenauer Ostereiermesse** vier Wochen vor Ostern.

UMGEBUNG
Leipe (10 km westl.; 130 Einw.) ist vollständig von Wasserläufen umgeben – der Europawanderweg E 10 verbindet es mit Lübbenau.

INFORMATIONEN
Spreewald Touristinformation, Ehm-Welk-Straße 15, 03222 Lübbenau, Tel. 03542 88 70 40, www.luebbenau-spreewald.com

7 Burg

Rund 600 Einzelhöfe bilden die Gemeinde (4200 Einw.) mit Obstwiesen, Fließen, Wäldern, die man teils nur mit dem Kahn, aber auch zu Fuß und mit dem Fahrrad entdecken kann. Der Kurort ist bekannt für seine Wellness-Angebote.

SEHENSWERT
Der **Bismarckturm** (27 m) ermöglicht einen weiten Blick (April–Okt. tgl. 10.00–18.00 Uhr). 60 000 m² umfasst der **Kur- und Sagenpark.** Im **Infozentrum Schlossberghof** erfährt man mehr über das Biosphärenreservat (Byhleguhrer Straße 17; April–Okt. Di.–So. 10.00 bis 17.00 Uhr).

AKTIVITÄTEN
Von zehn Anlegern kann man zu **Kahnfahrten und Paddeltouren** aufbrechen. Die Pension **€ € € / € € Zum Schlangenkönig** bietet außer Wellness u. a. Fahrten im „Kahn der Sinne" (Waldschlösschenstraße 14, Tel. 035603 75 93 0, www.zum-schlangenkoenig.de). Wellness gibt es auch in der **Spreewaldtherme** (www.spreewald-therme.de; tägl. 9.00–22.00, Fr. bis 24.00 Uhr).

VERANSTALTUNG
Aus dem umfangreichen Veranstaltungprogramm ragt das **Heimat- und Trachtenfest** (letztes August-Wochenende) heraus.

UMGEBUNG
Die klassizistische Schinkelkirche in **Straupitz** (25 km nordöstl.) gehört zu den bekanntesten Baudenkmälern der Niederlausitz. **Vetschaus** Bonbon ist die Slawenburg Raddusch (10 km südöstl.), die Rekonstruktion eines Lehmbaus mit archäologischen Funden (www.slawenburg-raddusch.de; April–Okt. tägl. 10.00–18.00 Uhr, sonst kürzer).

INFORMATION
Touristinformation, Haus des Gastes, Am Hafen 6, 03096 Burg im Spreewald, Tel. 035603 75 01 60, www.burgimspreewald.de

YOGA AUF DEM WASSER

Der nach unten schauende Hund, der Krieger oder gar ein Kopfstand auf dem Wasser? Wer im Yoga eine neue Herausforderung sucht, kann im Spreewald in einer kleinen Gruppe Übungen auf dem auf Stand Up Paddleboard machen – gemächlich auf einem Fließ unterm dichten Blätterdach dahintreibend.

„Lasst euch nicht ablenken – schaut einfach geradeaus und paddelt ganz entspannt", hatte Martin Fix gesagt. Doch nun schwimmt ein Nutria vor dem Paddelbrett vorbei, und kurz darauf fliegt eine erschreckte Ente auf. Die ersten Minuten auf einem Stand Up Paddleboard, kurz SUP, auf dem man im Stehen paddelt, sind ungewohnt. Doch der Anbieter im Herzen des Spreewalds garantiert: „Bei uns fällt keiner ins Wasser!" Tatsächlich sind die breiten, bis zu vier Meter langen Bretter stabiler als sie aussehen. Rund 300 Kilometer lang ist das Netz der Fließe rund um Burg – Touren mit dem Paddleboard sind hier ein besonders naturnahes Erlebnisn.

Yoga auf dem Stand Up Paddleboard Board schult Balance und Koordination sowie Konzentration.

Die Stunde beginnt mit Aufwärmübungen an einer Schleuse: Umgeben vom dichten Wald, das Plätschern des Wassers im Ohr, macht sich Entspannung breit. Danach steigen alle mit mehr Sicherheit aufs Brett, gleiten behutsam von einer Übung in die nächste – fast ohne Probleme mit dem Gleichgewicht. Zum Ausklang legen sich alle mit dem Rücken aufs Brett und lassen die Baumkronen vorübergleiten, bis der Steg erreicht ist.

Weitere Informationen

Yoga-Kurse auf dem SUP sind für Anfänger und Fortgeschrittene buchbar, Dauer etwa 60 Minuten bei max. 5 Teilnehmern. Anfänger im Stand Up Paddling können sich im halbstündigen Schnupperkurs oder einstündigen Anfängerkurs mit der Technik vertraut machen.

Buchung bei Stand Up Paddling Spreewald, Naundorfer Straße 17, 03096 Burg im Spreewald, Tel. 035603 838, www.sup-spree.de; außerdem Verleih von Brettern.

Wandern und Radfahren

AKTIV DURCH DIE MARK

Rund 7000 Kilometer umfasst das Radwegenetz in Brandenburg, 2000 Kilometer Wanderwege sind markiert. Besonders viele Strecken führen am Wasser entlang, darunter schöne Flussradwege und Seenrundwege – egal, ob für einen kurzen Spaziergang oder einen zweiwöchigen Urlaub.

6

6

1 Rundweg Rambower Moor

Im Frühjahr erblühen die Feuchtwiesen mit Sumpfdotterblumen und seltenen Orchideen. Im Sommer sieht man Störche nach Fröschen picken. Und im Herbst machen Wildgänse und Kraniche Rast. Das Rambower Moor im Nordwesten Brandenburgs ist ein wertvolles Biotop seltener Pflanzen- und Tierarten. Ein Rundweg mit Aussichtstürmen und Schautafeln führt durch diese wenig besuchte Landschaft – die angrenzenden Dörfer haben sich daher ihren Charme bewahren können.

Länge: 12 km
Schwierigkeit: leicht
Start/Ziel: Großsteingrab Mellen, Rambow oder Boberow
Informationen: www.burg-lenzen.de/ unterwegs-in-der-natur/wandern

2 Elbe-Radweg Brandenburg

Knorrige Bäume rauschen im Wind. Störche staken durch die Feuchtwiesen – für sie ein Schlaraffenland angesichts des lauten Froschkonzerts. Blumen wiegen sich an den Deichhängen, an denen Schafe grasen. Hin und wieder surren Radler vorbei, doch richtig eng wird es nur selten auf diesem Abschnitt des Elberadwegs im Norden Brandenburgs. Während die Route auf niedersächsischer Flussseite am Fuß des Deichs verläuft, freuen sich die Radler in Brandenburg über die weiten Blicke von der Deichkrone. Schon von weitem sieht man die Dörfer mit ihren Storchennestern, hin und wieder säumt ein Wachturm aus Kalte-Kriegs-Zeiten die Strecke oder ein gemütliches Café vor einem Fachwerkhaus. Über gut 90 km verläuft der Elberadweg durch Brandenburg, je nach Kondition kann man den Abschnitt in einer oder zwei Etappen bewältigen, zum Beispiel mit einer Übernachtung in Wittenberge.

Länge: 90 km
Schwierigkeit: leicht
Start/Ziel: Bahnhöfe in Glöwen (Havelberg), Wittenberge und Boizenburg (Elbe)
Informationen: www.elberadweg.de

3 Kleiner Boitzenburger

Klein ist bei dieser Wanderung eigentlich nichts: weder das Renaissanceschloss, noch der von Lenné angelegte Carolinenhain. Bald lässt sich neben einer mittelalterlichen Klosterruine in der historischen Klostermühle einkehren. Später passiert man das düstere Erbbegräbnis derer von Arnim und genießt vom Apollotempel einen Blick auf Schloss Boitzenburg, das „Neuschwanstein des Nordens". Eine wunderbare Badestelle verspricht am Schumellensee Erfrischung.

Länge: 11 km
Schwierigkeit: leicht
Start/Ziel: Boitzenburg, Parkplatz am Marstall
Informationen: www.tourismus-uckermark.de

4 Panoramaradweg Pückler-Babelsberg

Der Alte Markt, das Holländische Viertel, Schloss Cecilienhof, die Alexandrowka: Die Stadt Potsdam und die Schlösserstiftung haben gemeinsam eine Panorama-Rundtour entworfen, die zu einigen der schönsten An- und Aussichtspunkte führt. Ihren Namen trägt die Route nach Hermann Fürst von Pückler-Muskau. Der geniale Landschaftsarchitekt nahm mit seiner Arbeit im Park Babelsberg Einfluss auf Wegeführung, Wasserspiele und Sichtachsen. Die Achse zwischen Pfingstberg und Babelsberg ist daher auch ein Herzstück dieser Radroute.

Länge: 12 km
Schwierigkeit: leicht
Start/Ziel: Hauptbahnhof Potsdam (Fahrradverleih) oder entlang der Strecke
Informationen: www.potsdamtourismus.de

5 Kunstwanderweg Fläming

Die Rhododendren blühen im Mai. Schon kurz hinter dem Bahnhof Wiesenburg stehen sie vereinzelt im verwilderten Schlosspark, um dann zu einem ganzen Hain anzuwachsen. Die Natur zeigt sich im Fläming von ihrer abwechslungsreichen Seite, von weiten Getreidefeldern bis zum Hagelberg, dem zweithöchsten Berg Brandenburgs. Doch das eigentliche Interessante sind die Kunstinstallationen, über die man sich alle paar Kilometer freuen kann. Einsteiger fangen gerne mit der Nordroute an, die zwei Bahnhöfe miteinander verbindet, sodass man das Auto stehen lassen kann. Auf halbem Weg lohnt ein Zwischenstopp auf Gut Schmerwitz mit Bio-Restaurant, Töpferei und Hofladen. Die Tour endet an der Burg Eisenhardt in Bad Belzig. Wer hier noch nicht aufhören mag, kann die Runde über die Südroute komplett machen und dabei alle 28 Kunstwerke dieses Themenwegs entdecken. Falls die Kraft unterwegs ausgeht, kommt man mit den Bussen der Burgenlinie oder an den Wochenenden mit dem Rufbus weiter.

Länge: 19 km (Nordroute), 38 km (Rundroute)
Schwierigkeit: mittel
Start/Ziel: Bahnhöfe Wiesenburg bzw. Bad Belzig
Informationen: www.wandern-im-flaeming.de

6 Gurken-Radweg

Im Spreewald fahren sogar Gurken Fahrrad – zumindest auf dem Logo des 260 km langen Gurkenradwegs. Natürlich spielt diese Spezialität der Region auch eine besondere Rolle entlang der Strecke, die an Gurkenfeldern, Einlegereien und dem Gurkenmuseum vorbeiführt. Doch eigentlich geht es darum, den Spreewald in seiner Vielfalt zu erleben: mit seinen Wasserwegen, kleinen Dörfern, sorbischen Traditionen und Erlenwäldern.

Länge: 260 km
Schwierigkeit: mittel
Start/Ziel: überall entlang der Strecke
Informationen: www.spreewald.de

7 Schlaubetal-Wanderweg

Ein warmer Sonnentag ist ideal für die Wanderung durch das Schlaubetal – für viele das schönste Bachtal Brandenburgs. Die Strecke führt fast durchgehend durch schattige Wälder, auch der Bachlauf sorgt für kühle Luft. Die Schlaube schlängelt sich durch eine eiszeitlich geprägte Landschaft, bildet Feuchtgebiete und Moore, durchquert Täler und Seen. Klassiker ist eine rund 25 km lange Rundwanderung – es gibt jedoch auch zahlreiche kürzere Varianten. Unterwegs sorgen historische Mühlen für Abwechslung, u. a. die Schlaubemühle (BUND-Infozentrum) oder die Bremsdorfer Mühle, ein beliebtes Ausflugslokal.

Länge: 25 km
Schwierigkeit: mittel
Start/Ziel: Müllrose
Informationen: www.schlaubetal-tourismus.de

8 Oderbruchbahn-Radweg

Das Oderbruch war einst „Berlins Gemüsegarten", und die „Rübenbahn" versorgte die Hauptstadt. Mit höchstens 50 Stundenkilometern zuckelte die Oderbruchbahn von Wriezen über Seelow bis Fürstenwalde, dort wurde umgeladen. Heute führt ein Radweg über die 1964 stillgelegte Strecke. Egal, ob man in Müncheberg oder Fürstenwalde aufbricht, man ist rund 114 km unterwegs: über Rad- und Waldwege, vorbei an aufgegebenen Bahnhöfen, durch Felder und Künstlerdörfer, aber auch auf dem erhöhten Bahndamm mit weitem Blick ins Oderbruch.

Länge: 114 km
Schwierigkeit: mittel
Start/Ziel: Fürstenwalde oder Müncheberg/Wriezen
Informationen: www.seenland-oderspree.de

Seit rund 150 Jahren steht der Name Beelitz für Qualitätsspargel (links).
Genüsse in Potsdams Holländischem Viertel (rechts oben und rechts unten)

HILFREICH & NÜTZLICH

Keine Reise ohne Planung. Auf den folgenden Seiten sind Wissenswertes und wichtige Informationen für einen Urlaub in Brandenburg zusammengefasst.

Anreise

Mit dem Auto: Autobahnen führen sternförmig durch Brandenburg in Richtung Berlin, wo sie in den Berliner Ring münden: A 20 (Stralsund) in die Uckermark, A 24 (Hamburg) und A 19 (Rostock) nach Nordbrandenburg, A 13 und A 15 zum Spreewald und Lausitzer Seenland, A 12 nach Frankfurt/Oder, A 2 aus dem Westen Richtung Potsdam, A 9 aus dem Süden durch den Fläming.

Mit der Bahn: Auch bei der Anreise mit der Bahn ist die Hauptstadt der Knotenpunkt für die meisten Fernverbindungen. In Brandenburg sind u.a. Potsdam, Cottbus, Eberswalde, Prenzlau und Wittenberge an das Netz von ICE und IC/EC angebunden. Vergünstigt reisen kann man im Regionalverkehrmit dem Brandenburg-Berlin-Ticket, dem Quer-durchs-Land-Ticket sowie dem Ostsee-Ticket (www.bahn.de). Weitere Anbieter: Die Ostdeutsche Eisenbahn GmbH (ODEG, www.odeg.de) verkehrt unter anderem zwischen Berlin-Wannsee und Jüterbog, Cottbus und Forst sowie Brandenburg/Havel und Rathenow. Die Niederbarnimer Eisenbahn (NEB, www.neb.de) bedient Regionalstrecken im Barnimer Land, im Seenland Oder-Spree sowie in die Uckermark.

Mit dem Bus: Die meisten Fernbus-Gesellschaften steuern Berlin an, aber auch Potsdam, Cottbus, Frankfurt/Oder und Fürstenberg (www.flixbus.com).

Mit dem Flugzeug: Folgende Regionalbahnen halten am Flughafen Berlin-Brandenburg (BER): der RE 7 von Dessau nach Wünsdorf, die RB 14 ab Nauen sowie die RB 22 von Potsdam nach Königs Wusterhausen. Für Reisende in den Süden Brandenburgs kann ein Flug zum Airport Leipzig/Halle oder Dresden sinnvoller sein.

Auskunft

Überregional: TMB Tourismus-Marketing Brandenburg GmbH, Babelsberger Str. 26, 14473, 14467 Potsdam, Tel. 0331 200 47 47, www.reiseland-brandenburg.de.

Regional: WITO Barnim, Alfred-Nobel-Straße 1, 16225 Eberswalde, Tel. 03334 59 233, www.barnimerland.de
Tourismusverband Dahme-Seenland, Bahnhofsvorplatz 5, 15711 Königs Wusterhausen, Tel. 03375 25 20 25, www.dahme-seen.de
Tourismusverband Elbe-Elster-Land, Schlossplatz 1, 03253 Doberlug-Kirchhain, Tel. 035322 688 85 16, www.elbe-elster-land.de
Tourismusverband Fläming, Zum Bahnhof 9, 14547 Beelitz, Tel. 033204 6 28 70, www.reiseregion-flaeming.de
Tourismusverband Havelland, Schloss Ribbeck, Theodor-Fontane-Straße 10, 14641 Nauen, Tel. 033237 85 90 30, www.havelland-tourismus.de
Tourismusverband Lausitzer Seenland, Am Stadthafen 2, 01968 Senftenberg, Tel. 03573 725 30 00, www.lausitzerseenland.de
Potsdam Marketing und Service, Babelsberger Str. 26, 14473 Potsdam, Tel. 0331 27 55 88 99, www.potsdamtourismus.de
Tourismusverband Ruppiner Seenland, Fischbänkenstraße 8, 16816 Neuruppin, Tel. 03391 65 96 30, www.ruppiner-reiseland.de
Seenland Oder-Spree, Ulmenstraße 15, 15526 Bad Saarow, Tel. 033631 86 81 00, www.seenland-oderspree.de
Tourismusverband Prignitz, Großer Markt 4, 19348 Perleberg, Tel. 03876 30 74 19 20, www.dieprignitz.de
Tourismusverband Spreewald, Raddusch, Lindenstraße 1, 03226 Vetschau/Spreewald, Tel. 035433 58 10, www.spreewald.de
Tourismus Marketing Uckermark, Stettiner Straße 19, 17291 Prenzlau, Tel. 03984 83 58 83, www.tourismus-uckermark.de

Internet: Auf „Wecycle Brandenburg" (www.wecyclebrandenburg.com) findet man ästhetisch fotografierte Radtouren-Empfehlungen. „Milch & Moos" (www.milchundmoos.de) ist das ansprechend designte Pendant zum Wandern in Kombination mit gutem Essen. Ein Berliner Fotograf dokumentiert seine Touren auf dem „Brandenblog" (www.brandenblog.de).

Barrierefreiheit: Die TMB informiert in einem jährlich erscheinenden Magazin über Optionen für Menschen mit Handicap. Weitere mehr als 800 barrierefreie Urlaubsangebote sind auf www.barrierefrei-brandenburg.de beschrieben. Auch der Tourismusverband Lausitzer Seenland gibt eine eigene Broschüre für diese Zielgruppe heraus (www.lausitzerseenland.de).

Essen & Trinken

Wer übers Land fährt, entdeckt **Dorfgasthöfe und Gutshäuser,** die zu neuem Leben erweckt wurden, **Bauernhöfe** mit gastronomischem Angebot, **Manufakturen** und engagiert geführte **Restaurants und Cafés**.
Obwohl Brandenburg im Laufe der Jahrhunderte vielen Einflüssen ausgesetzt war, entstand keine ausgewiesene **Spezialität.** Die nach wie vor beliebte Soljanka, eine Suppe mit sauer eingelegtem Gemüse, ist slawischer Her-

Fisch gehört traditionell zum gastronomischen Angebot Brandenburgs.

kunft. Kolonisten aus Holland und Frankreich brachten Rezepte ebenso mit wie die Vertriebenen aus den einstigen deutschen Ostgebieten. Brandenburgs Schätze sind die Produkte, die hier ihren Ursprung haben, angefangen beim **Spargel,** der im märkischen Sand beste Bedingungen vorfindet. Rund um Beelitz und entlang der Beelitzer Spargelstraße ist eines der größten Anbaugebiete Deutschlands beheimatet (www.beelitzer-spargelverein.de). Das Pendant weiter im Süden ist die **Spreewaldgurke,** eine geschützte Herkunftsbezeichnung. Schon die Slawen ernteten sie, doch erst hugenottische Tuchmacher perfektionierten ihren Anbau. Nach der Ernte kommen die Produkte als saure, Gewürz- oder Senfgurken in die Geschäfte.
In der gleichen Region hat das **Leinöl** seinen Ursprung. Kartoffeln mit Quark und Leinöl – das war immer ein traditionelles Gericht im Spreewald. Private Mühlen stellen das Öl in Bioqualität her, das wegen seiner Omega-3-Fettsäuren als gesundheitsfördernd gilt.
Weitere typische Erzeugnisse sind **Teltower Rübchen,** eine kleine, kegelförmige Rübenart, die rund um die gleichnamige Stadt angebaut wird. Das Havelland hat sich einen Namen als Anbaugebiet für **Obst** gemacht, allen voran Werder mit seinem bekannten Baumblütenfest. Ribbeck knüpfte wieder an die schon von Fontane beschriebene Birnentradition an.
Dank des Wasserreichtums findet man auf den meisten Speisekarten **Fischgerichte** – insbesondere Zander, Hecht, Aal und Karpfen. Zunehmend beliebt sind **Biere** aus Mikrobrauereien. Am traditionsreichsten ist die Klosterbrauerei Neuzelle. In Potsdam hat die Braumanufaktur (www.braumanufaktur.de) fast vergessene Biersorten wie die „Potsdamer Stange" zu neuem Leben erweckt.
Eine kleine **Restaurantauswahl** ist auf den Info-Seiten dieses Bandes zu finden.

Preiskategorien

€€€€	Hauptspeisen	über 20 €
€€€	Hauptspeisen	15–20 €
€€	Hauptspeisen	10–15 €
€	Hauptspeisen	unter 10 €

Naturbeobachtungen

In der Region lebt eine reiche Vogelwelt. Spektakulär ist der Herbst, wenn Zehntausende **Kraniche und Wildgänse** auf der Reise zu ihren Winterquartieren Rast machen. Besonders gut lassen sie sich im Ruppiner Seenland, in der Bergbau-Folgelandschaft der Luckauer Region sowie im Nationalpark Unteres Odertal beobachten. Naturschutzstationen bieten die Möglichkeit, nah an die Tiere heranzukommen, so im Naturerlebniszentrum Wanninchen im Spreewald (www.wanninchen-online.de).
Mehr als 80 000 **Kraniche** wurden an manchen Tagen im Ruppiner Seenland im Naturschutzzentrum Storchenschmiede Linum gezählt (www.storchenschmiede.de).
Im Januar und Februar kann man in der Auenlandschaft des Nationalparks Unteres Odertal den vielgestaltigen Klängen der ruffreudigen **Singschwäne** lauschen (www.nationalpark-unteres-odertal.eu).

Für Jung und Alt zu empfehlen sind die Ranger-Erlebnistouren der Naturwacht: Kundige Naturführer begleiten auf rund 45 Exkursionen, u. a. zur Balz der Großtrappen oder in den nächtlichen Wald (www.naturschutzfonds.de). Unterhaltung und Aufklärung verbinden auch Naturerlebniszentren wie die Blumberger Mühle in der Uckermark (www.blumberger-muehle.de). Die Deutsche Storchenstraße folgt den Spuren der **Weißstörche** im Biosphärenreservat Flusslandschaft Elbe (www.deutsche-storchenstrasse.de).

Schiffe & Hausboote

Auf nahezu jedem größeren See werden **Rundfahrten** angeboten. Die Havel kann man u. a. von Potsdam und Brandenburg/Havel aus entdecken, und auch auf Elbe und Oder sind Touren möglich. Einer der größten Anbieter ist die Weiße Flotte Potsdam (www.schifffahrt-in-potsdam.de). Im Spreewald sind **Kahnfahrten** die Spezialität, meist im Stundenrhythmus. Das Angebot an **Jachten und Hausbooten** ist in den letzten Jahren stetig gewachsen. Die meisten Wasserwege sind führerscheinfrei zu befahren. Romantischer sind Flöße, von einfach bis zur Luxusversion mit Sauna – zu mieten u. a. bei Rent a Floss in Fürstenberg (www.rentafloss.de) oder Huckleberrys (www.huckleberrys-tour.de).

Sport

Radfahren: Mit rund 7000 km markierten Strecken ist Brandenburg ein Radlerland, und fast 500 Unterkünfte sind als Bett-&-Bike-Betriebe

Info

Daten & Fakten

Geografische Lage: Das Bundesland Brandenburg mit seiner Hauptstadt Potsdam erstreckt sich über 29 654 km², es ist damit das größte der neuen Bundesländer und das fünftgrößte in Deutschland. In seinem Herzen liegt Berlin. Brandenburg grenzt im Norden an Mecklenburg-Vorpommern, im Westen an Niedersachsen und Sachsen-Anhalt, im Süden an Sachsen. Im Osten erstreckt sich die 252 km lange Grenze zu Polen.
Bevölkerung: Den stärksten Bevölkerungszuwachs verzeichnen Potsdam und der Barnim, während die Zahlen in Regionen fern von Berlin rückläufig sind. Die Bevölkerungsdichte liegt bei 84 Einw./km² und ist damit nach Mecklenburg-Vorpommern die zweitniedrigste in Deutschland. Es gibt nur noch eine Stadt mit mehr als 100 000 Einw.: Potsdam (180 300), gefolgt von Cottbus (99 700). Brandenburg verzeichnet die bundesweit höchste Quote an Konfessionslosen; 3 % sind Katholiken, 15 % Protestanten.
Im Süden erstreckt sich das Siedlungsgebiet der sorbischen Bevölkerung, deren Zahl im Bundesland auf mehr als 20 000 geschätzt wird.
Naturraum: Brandenburg ist gegliedert durch den Nördlichen und Südlichen Landrücken und die dazwischen liegenden Urstromtäler. Der Kutschenberg in der Lausitz bildet mit 200,7 m die höchste Erhebung. Eine Besonderheit sind die rund 3000 Seen, die Brandenburg zum gewässerreichsten Bundesland machen. Mehr als ein Drittel der Fläche sind als Natur- und Landschaftsschutzgebiete ausgewiesen. Es gibt elf Naturparks, drei Biosphärenreservate und einen Nationalpark.
Wirtschaft: Das Bundesland ist wirtschaftlich eng mit Berlin verflochten, ein Großteil der Einw. lebt im so genannten Speckgürtel, der weiter kräftig wächst. Die Gewinnung erneuerbarer Energien verzeichnet einen starken Zuwachs. Große Bedeutung hat auch der Tourismus.

Draisinen-Fahrt zwischen Mellensee und Zossen – ein Angebot der Erlebnisbahn (links oben). Auf dem Elberadweg bei Lenzen (links unten). Hausboot auf dem Gudelacksee (rechts)

registriert. Es gibt 29 Radfernwege und rund 30 regionale Radrouten. Zu den populärsten gehören der Elberadweg (www.elberadweg.de), der Europaradweg (www.r1-radweginfo.de), der Oder-Neiße-Radweg (www.oder-neisse-radweg.de). Der Süden bietet u. a. die Niederlausitzer Bergbautour durch Spreewald und Seenland (www.oberlausitz.com/radregion), den Fürst-Pückler-Weg (www.fuerstpueckler weg.de), den Spreeradweg (www.spreeradweg.de) und den Gurkenradweg (www.spreewald-info.de/rad/gurkenradweg).

Reiten: Mehr als 160 Pferdehöfe listet Brandenburg Tourismus auf, eine kleine Auswahl findet man auch bei der Plattform Pferdeland Brandenburg (www.pferdeland-brandenburg.de).

Wandern: Brandenburg zählt rund 2000 km markierte Hauptwanderrouten, dazu kommen zahlreiche weitere lokale Strecken, darunter Rundwanderwege um einen See. Mehrere Routen wurden vom Deutschen Wanderverband mit dem Gütesiegel „Qualitätsweg Wanderbares Deutschland" ausgezeichnet: der Burgen- und der Internationale Kunstwanderweg im Fläming, der Märkische Landweg und die Uckermärker Landrunde, die Naturparkroute Märkische Schweiz sowie der Schlaubetal- und der Oderlandweg.

Wassersport: Rund 3000 Seen gibt es in Brandenburg, Paradiese zum Segeln und Surfen, Wakeboarden, Wasserski fahren und Stand-Up-Paddling. Manche Seen haben auch Tauchqualität, u. a. Brandenburgs tiefster See, der Stechlin. Mehr als 6500 km Fließgewässer sind in Brandenburg mit Kanu oder Kajak befahrbar – auf Flüssen wie Elbe, Oder, Havel und Spree oder im weitverzweigten Netz des Spreewalds.

Unterkunft

Hotels: Mehr als 500 Unterkünfte können im Servicecenter der Tourismus Marketing Brandenburg gebucht werden, darunter Hotels und Pensionen, Ferienwohnungen und Ferienhäuser, Ferienparks und Feriendörfer, Camping- und Wohnmobilstellplätze, Kinder- und Jugendunterkünfte: www.reiseland-brandenburg.de). Eine kleine Auswahl ist auf den jeweiligen Info-Seiten dieses Bandes zu finden.

Preiskategorien

€€€€	Doppelzimmer	über 200 €
€€€	Doppelzimmer	150 – 200 €
€€	Doppelzimmer	100 – 150 €
€	Doppelzimmer	50 – 100 €

Camping: Es gibt über 200 Camping- und Wohnmobilstellplätze, viele Anlagen liegen am Wasser: www.campingland-brandenburg.de

Jugendherbergen: Brandenburg zählt 15 Jugendherbergen, u. a. in Potsdam, am Scharmützelsee, in der Märkischen Schweiz und im Spreewald: www.jugendherbergen-berlin-brandenburg.de

Info

Geschichte

bis 6. Jh. Germanen siedeln im Gebiet des heutigen Brandenburg.
7. und 8. Jh. Slawische Stämme nehmen die Region in Besitz.
928 Der ostfränkische König Heinrich I. erobert die slawische Burg Brendanburg.
936 Errichtung von zwei Markgrafschaften zur Sicherung des Grenzlandes.
1415 Mit Kurfürst Friedrich I. übernehmen die Hohenzollern für mehr als 500 Jahre die Herrschaft in Brandenburg.
1486 Berlin-Cölln wird Residenz der Brandenburgischen Markgrafen.
1506 Gründung der Universität Frankfurt als erster Hochschule in Brandenburg.
1539 Brandenburgs Kurfürst Joachim II. schließt sich der Reformation an.
ab 1618 Die Mark Brandenburg und das Herzogtum Preußen werden gemeinsam als Brandenburg-Preußen regiert.
1618–1648 Der Dreißigjährige Krieg fordert in Brandenburg besonders viele Opfer, einige Regionen sind fast vollständig ausgeblutet.
1674–1679 Einfall der Schweden und Schwedisch-Brandenburgischer Krieg.
1685 Öffnung des Landes für hugenottische Einwanderer im Edikt von Potsdam.
1701 Kurfürst Friedrich III. (1657–1713) krönt sich zum König in Preußen.
1740–1786 Regierungszeit Friedrichs II. des Großen. Errichtung von Schloss Sanssouci in Potsdam (1745–1747).
1806 Besetzung Brandenburgs durch französische Truppen nach der Schlacht bei Jena und Auerstedt.
1939–1945 Besonders in den letzten Kriegsmonaten erleiden Brandenburgs Städte schwere Zerstörungen durch Luftangriffe und Artilleriebeschuss.
1945 Brandenburg wird nach Kriegsende Teil der sowjetischen Besatzungszone. Die Potsdamer Konferenz legt die Oder-Neiße-Linie als Grenze zu Polen fest.
1961 Der Mauerbau kappt die Verbindungen Brandenburgs mit West-Berlin.
1973 Der künstlich angelegte Senftenberger See wird der Öffentlichkeit zugänglich gemacht.
1990 Neugründung des Landes Brandenburg mit Potsdam als Hauptstadt. Die UNESCO erklärt die Schlösser und Parks von Potsdam zum Weltkulturerbe.
1991 Der Spreewald wird UNESCO-Biosphärenreservat.
1996 Die Brandenburger votieren mit einem Volksentscheid gegen die Fusion mit Berlin.
2014 Neueröffnung des 1960 gesprengten Stadtschlosses als Parlamentsgebäude.
2017 In Potsdam eröffnet das Museum Barberini.
2019 Brandenburg feiert mit vielen Veranstaltungen den 200. Geburtstag Theodor Fontanes (1819–1898).
2020 Der US-amerikanische Autohersteller Tesla beginnt in Grünheide mit dem Bau einer „Gigafactory".

REGISTER

Fette Ziffern verweisen auf Abbildungen

Impressum

2. Auflage 2022

Verlag: DuMont Reiseverlag, Postfach 3151, 73751 Ostfildern, Tel. 0711 45 02-0, Fax 0711 45 02 135, www.dumontreise.de
Geschäftsführer: Dr. Stephanie Mair-Huydts, Markus Schneider
Programmleitung: Birgit Borowski **Redaktion:** Achim Bourmer
Text: Oliver Gerhard, Berlin **Exklusiv-Fotografie:** Johann Scheibner, Berlin
Titelbild: Huber images/Cornelia Dörr (Pätzer Vordersee)
Zusätzliches Bildmaterial und Genehmigungen: Martin Kirchner (S. 10/11), laif/Peter Rigaud (S. 12/13), Stiftung Preußische Schlösser und Gärten Berlin-Brandenburg/Johann Scheibner (Schloss Sanssouci S. 8/9, 26 o., 26 M.l, 26 M.r., 26 u., 27, 29 o.r., 29 u.l.; Neues Palais S. 28; Sanssouci Orangerie S. 29 u.r, 42 u.; Schloss Cecilienhof S. 32 u.; Park Sanssouci S. 7 o.l., 29 o.l., 42 o.), pa/K-H Spremberg S. 34 o., pa/Thomas Eisenhuth S. 96/97, pa/Bernd Settnik S. 120 l., pa/Robert Grahn S. 120 r., pa/Patrick Pleul S. 121 r.o., pa/Foodcollection S. 121 l.u., pa/Andreas Franke S. 121 r.u.; pa: picture-alliance
Grafische Konzeption, Art Direktion: fpm factor product münchen
Cover Gestaltung und Layout: Cyclus · Visuelle Kommunikation Stuttgart
Kartografie: © MAIRDUMONT GmbH & Co. KG, Ostfildern, Kartografie Lawall (Karten für „Unsere Favoriten")
DuMont Bildarchiv: Marco-Polo-Straße 1, 73760 Ostfildern, Tel. 0711 45 02-0, bildarchiv@mairdumont.com
Für die Richtigkeit der in diesem DuMont Bildatlas angegebenen Daten – Adressen, Öffnungszeiten, Telefonnummern usw. – kann der Verlag keine Garantie übernehmen. Nachdruck, auch auszugsweise, nur mit vorheriger Genehmigung des Verlages. Erscheinungsweise: jeden zweiten Monat.
Anzeigenvermarktung: MAIRDUMONT MEDIA, Tel. 0711 45 02-0, Fax 0711 45 02-1012, media@mairdumont.com, http://media.mairdumont.com
Vertrieb Zeitschriftenhandel: PARTNER Medienservices GmbH, Postfach 810420, 70521 Stuttgart, Tel. 0711 72 52 212, Fax 0711 72 52 320
Vertrieb Abonnement: Leserservice DuMont Bildatlas, Zenit Pressevertrieb GmbH, Postfach 810640, 70523 Stuttgart, Tel. 0711 72 52 265, Fax 0711 72 52 333, dumontreise@zenit-presse.de
Vertrieb Buchhandel und Einzelhefte: MAIRDUMONT GmbH & Co KG, Marco-Polo-Straße 1, 73760 Ostfildern, Tel. 0711 45 02-0, Fax 0711 45 02-340
Reproduktionen: PPP Pre Print Partner GmbH & Co. KG, Köln
Druck und buchbinderische Verarbeitung: NEEF + STUMME GmbH, Wittingen,
Printed in Germany

FSC
www.fsc.org
MIX
Papier aus verantwortungsvollen Quellen
FSC® C001857

WAS **NEHME** ICH MIT

Urlaub erinnern ...

Zuhause kann man Brandenburg nochmals kulinarisch erleben – Fleischgericht mit Teltower Rübchen, dann Mops-Plätzchen, Schokogurken und Spreewald-Whisky.

SPREEWÄLDER SCHOKOGURKEN

Nur hartnäckige Gurkenfans würden ein Glas Spreewälder Gurken wohl als originelles Mitbringsel bezeichnen. Doch kaum jemand kennt bisher die süße Alternative: Die Chocolatiers der Lausitzer Confiserie Felicitas stellen Gurken aus Schokolade her: Es gibt sie in Weiß, Braun und Grün, einzeln oder im Glas (www.felicitas-schokolade.de).

SPREEWALD-WHISKEY

Laut Eigenwerbung Deutschlands erste Roggen-Whiskey-Destillerie, hat Stork Club in Schlepzig inzwischen viele Auszeichnungen erhalten. Die Brenner, die ihren Rohstoff von den Landwirten der Region beziehen, haben einen Fass-Konfigurator ins Leben gerufen, mit dem man sich individuell ein Fass kreieren kann (www.stork-club-whiskey.com).

FRIEDRICH DER KLEINE

Er prägte Preußen und Potsdam wie kaum ein anderer Herrscher: Friedrich II. legte mit Schloss Sanssouci und dem Neuen Palais den Grundstein für das heutige Ensemble des Kulturerbes. Geschrumpft vom Großen zum Kleinen gibt es ihn als Souvenir: Playmobil legte ihn als eigene Figur auf, und als Gummiente gibt es ihn für die Wanne zuhause (www.museumswelt.eu oder www.duckshop.de).

VIRTUELLE TOUR

Bei der virtuellen Reise durch das Gebäude des Brandenburger Landtages in Potsdam stehen interaktive 360-Grad-Panoramen des Landtagsinnenhofs, des Knobelsdorff-Treppenhauses und des Plenarsaals sowie ein Rundblick von der Dachterrasse über die Dächer Potsdams bereit. Geboten werden dabei auch Infos zur Historie, Architektur, parlamentarischen Nutzung des Gebäudes (www.landtag.brandenburg.de/panorama).

FILZKUNST AUS DER HEIDE

Die Stadtflucht nimmt zu in Brandenburg – nun keimen in vielen Dörfern kreative Ideen. Zum Beispiel in der Schorfheide, wo Kathrin Suter in ihrer Ein-Frau-Manufaktur originelle und stylische Accessoires aus Wollfilz, Leder, Stoff und Horn herstellt: Taschen und Smartphone-Hüllen, Kartenetuis und Schlüsselanhänger. (www.heideart.com).

ERLEBNIS „MOPS“

„Ein Leben ohne Mops ist möglich, aber sinnlos“. Das Zitat von Loriot ist legendär in Brandenburg an der Havel, wo man dem berühmten Sohn der Stadt viele Mopsskulpturen gewidmet hat, die zu sehen, ein besonderes Erlebnis ist. Der neueste Clou im Souvenirshop der Stadt: Backformen für Waldmops-Plätzchen.

»WENN SIE DIESE STADT SEHEN, WIRD SIE IHNEN SICHERLICH GEFALLEN … SO HABE ICH SIE VERSCHÖNERT. «

Friedrich der Große über Potsdam

DIE STILLE DER MARK

Ein einsamer Platz am Ufer der Oder: Das Wasser gurgelt, ein paar Vögel streiten sich, der Wind rauscht in den Weiden – doch kein Mensch weit und breit. In Brandenburg kann man noch viele einsame Ecken finden, nach denen man in anderen Bundesländern vergeblich sucht. Besonders wild ist es noch in den Auen der Flüsse.

BIRNBAUM-GESCHICHTEN

Ein Gedicht Theodor Fontanes machte Ribbeck berühmt – und inspirierte andere zum Schreiben. Marina Wesche, die sich im Alten Waschhaus der Ribbecks auf Birnenprodukte spezialisiert hat, schrieb auch mehrere Kinderbücher. Im Mittelpunkt steht die Katze Greta, in deren Fell kleine Birnentiere hausen (www.waschhaus-ribbeck.de).

TELTOWER RÜBCHEN

Teltower Rübchen, eine Brandenburgische Spezialität, schmecken glasiert lecker: 400 g Rübchen, 40 g Butter, Schalotten, 30 g Zucker, 250 ml Fleisch- oder Gemüsebrühe, Salz und Pfeffer. Die Butter erhitzen und Schalotten darin glasig dünsten, dann Zucker dazu und schmelzen lassen. Die Rübchen darin glasieren und schließlich mit Brühe aufgießen, würzen und 20 Min. garen.

SEEN IM WERDEN

Ein See ist ein See? Nicht im Lausitzer Seenland, wo man das Werden neuer Gewässer geradezu zelebriert. Größtes laufendes Projekt ist die Flutung des Ostsees bei Frankfurt/Oder – Mitte der 2020er-Jahre soll er gefüllt sein (www.cottbuser-ostsee.de).

PRO
GRAMM

FRANKREICH SÜDWESTEN OKZITANIEN

Eine faszinierende Vielfalt zeichnet die südfranzösische Region zwischen der Rhone und der Grenze zu Spanien aus mit nahezu unberührten Landschaften wie den Cevennen und tollen Städten wie Toulouse und Montpellier.

Die schönsten Bastiden Kennen Sie Aigues-Mortes, Mirepoix oder Najac? Nein? Müssen Sie kennenlernen. Es sind mittelalterliche Städtchen von unglaublichem Reiz.

www.dumontreise.de

NORDSEEKÜSTE SCHLESWIG-HOLSTEIN

Platt ist das Land In Dithmarschen, auf der Eiderstedter Halbinsel, in Nordfriesland, auf Sylt, Amrum und Föhr, auf Pellworm, Nordstrand und natürlich auf den Halligen.

Genussmomente am Meer Ein kaltes Bier mit den Füßen im warmen Sand, deftiger Pannfisch in den Dünen, ein Cocktail zum Sunset am Kliff – die schönsten Locations für Genussmomente.

LIEFERBARE AUSGABEN

DEUTSCHLAND
207 Allgäu
216 Altmühltal
220 Bayerischer Wald
180 Berlin
162 Bodensee
217 Brandenburg
175 Chiemgau, Berchtesg. Land
013 Dresden, Sächsische Schweiz
152 Eifel, Aachen
157 Elbe und Weser, Bremen
168 Franken
020 Frankfurt, Rhein-Main
112 Freiburg, Basel, Colmar
028 Hamburg
026 Hannover zw. Harz und Heide
042 Harz
023 Leipzig, Halle, Magdeburg
210 Lüneburger Heide
188 Mecklenburgische Seen
038 Mecklenburg-Vorpommern
033 Mosel
190 München
047 Münsterland
223 Nordseeküste Schleswig-Holstein
006 Oberbayern
161 Odenwald, Heidelberg
035 Osnabrücker Land, Emsland
002 Ostfriesland, Oldenburger Land
164 Ostseeküste Mecklenburg-Vorpommern
154 Ostseeküste Schleswig-Holstein
201 Pfalz
040 Rhein zw. Köln und Mainz
185 Rhön
186 Rügen, Usedom, Hiddensee
206 Ruhrgebiet
149 Saarland
182 Sachsen
159 Schwarzwald Norden
045 Schwarzwald Süden
018 Spreewald, Lausitz
008 Stuttgart, Schwäbische Alb
141 Sylt, Amrum, Föhr
204 Teutoburger Wald
170 Thüringen
037 Weserbergland
173 Wiesbaden, Rheingau

BENELUX
156 Amsterdam
011 Flandern, Brüssel
179 Niederlande

FRANKREICH
177 Bretagne
021 Côte d'Azur
032 Elsass
228 Frankreich Südwesten Okzitanien
019 Korsika
213 Normandie
001 Paris
198 Provence

GROSSBRITANNIEN/ IRLAND
187 Irland
202 London
189 Schottland
227 Südengland

ITALIEN/MALTA/ KROATIEN
181 Apulien, Kalabrien
211 Gardasee
222 Golf von Neapel, Kampanien
163 Istrien, Kvarner Bucht
215 Italien, Norden
005 Kroatische Adriaküste
167 Malta
155 Oberitalienische Seen
158 Piemont, Turin
014 Rom
165 Sardinien
003 Sizilien
203 Südtirol
039 Toskana
091 Venedig, Venetien

GRIECHENLAND/ ZYPERN/ TÜRKEI
034 Istanbul
016 Kreta
176 Türkische Südküste, Antalya
229 Zypern

MITTEL- UND OSTEUROPA
104 Baltikum
208 Danzig, Ostsee, Masuren
169 Krakau, Breslau, Polen Süden
044 Prag
193 St. Petersburg

ÖSTERREICH/ SCHWEIZ
192 Kärnten
004 Salzburger Land
196 Schweiz
226 Tirol
197 Wien

SPANIEN/PORTUGAL
043 Algarve
214 Andalusien
150 Barcelona
025 Gran Canaria, Fuerteventura, Lanzarote
172 Kanarische Inseln
199 Lissabon
209 Madeira
174 Mallorca
225 Porto, Nordportugal
007 Spanien Norden, Jakobsweg
219 Teneriffa, La Palma, La Gomera, El Hierro

SKANDINAVIEN/ NORDEUROPA
166 Dänemark
212 Finnland
153 Hurtigruten
029 Island
200 Norwegen Norden
178 Norwegen Süden
151 Schweden Süden, Stockholm

LÄNDERÜBERGREIFENDE BÄNDE
224 Donau – Von der Quelle bis zur Mündung
112 Freiburg, Basel, Colmar
221 Kreuzfahrt in der Ostsee

AUSSEREUROPÄISCHE ZIELE
183 Australien Osten, Sydney
109 Australien Süden, Westen
218 Bali, Lombok
195 Costa Rica
024 Dubai, Abu Dhabi, VAE
160 Florida
036 Indien
205 Iran
027 Israel, Palästina
111 Kalifornien
031 Kanada Osten
191 Kanada Westen
171 Kuba
022 Namibia
194 Neuseeland
041 New York
184 Sri Lanka
048 Südafrika
012 Thailand
046 Vietnam